はじまりの谷

丸橋賢

はじまりの谷

目次

装幀　芦澤泰偉＋明石すみれ
カバー・本文扉画　えんどうゆりこ

ウサギ罠

一

直文《なおふみ》はかじかんだ掌《てのひら》を合わせて、白い息を吹きかけた。新しい絣《かすり》の綿入れ半《はん》纏《てん》についた雪をたたいて落とし、手を袂《たもと》に引っ込め、呼吸を落ち着かせた。尾根から見下ろす山の北側斜面は真っ白で、沢の底には、踏みならされた細道が凍って見えた。頬を刺す風が吹き抜けると、体の芯に寒い震えが走る。

まだ一人きりで山に入ることもやっとの直文には雪の尾根に一人で立つのは心細かった。

北西にそびえる御雷伝山《おらいでんやま》の雪肌を風が走っている。こんな日の晩は荒れることが多い。直文はもう一度、掌に息を吹きかけ、尾根づたいに歩き始めた。少し北側に踏み込むと、雪は子供の長靴にすぐ入ってくるほど積もっていて、直文は南によけて進んで行った。

疎《まば》らな雑木の下に、点々とウサギの足跡が残っている。南面は雪が少し解けて芝草が見えている。芝草は、ウサギが根元まで喰い荒らしていた。そして近くには糞がこぼれていた。

雪の表面は凍っていて、直文の小さな長靴がゴリゴリ音をたてた。小さな足跡と大きな足跡が、松の木の下にいっぱい残っていたが、それは全て二匹だけでつけたらしかった。直文は身をかがめてそれを調べた。昨夜のものに違いなかった。足跡の新旧を見分けることだけは、直文はもう自信がもてるようになっていた。最初は少しも自信のなかったのが、少しずつ確かにわかるようになった。

けれどまだ、ウサギ罠の掛け方については少しも自信をもって判断することが出来なかった。作造じいさんの教えてくれた通り、直文は、ウサギの通り道を避けて歩いたが、それでも一体、自分のしていることが、作造じいさんの教えた通り出来ているのかどうかわからなかった。

　ウサギの通り道に臭いを残してしまっているのではないだろうか。ウサギが一面に足跡を残しているのに一匹も掛からないのはそのせいのような気がした。作造じいさんは少しも臭いを残さずに、ウサギに気付かれないように避けて通るのだろう。そんな時、作造じいさんは、自分とは別な特別な力をもっているように思えた。

　ここは人家に近いので、まだウサギの足跡は疎らだった。奥に進むとともに次第に足跡はふえてくる。大人達はずっと山奥まで行って罠を掛けていたので、この辺りは直文だけがひとり占めにしていた。直文はまだ、雪の深い御雷伝山の方まで一人で行くことが出来なかった。杉の林にさしかかると急に暗くなって、林床には雪が少なく、静かだった。山にはその静けさを示す、風の音に似たひびきが満ちていた。

直文は、もうこうして一ヶ月近くも罠を見廻っていたが、その間一匹もウサギは掛からなかった。今日こそは獲れているかも知れないという期待で、一ヶ月も空しい努力が続いているのだった。必ず近いうちに大きなウサギが獲れると、直文は心に描いた。そしてそれを思い続け、いつしか当然のことのように確信が生まれ、ウサギが獲れることを信じているのだった。その反面、待ちくたびれた焦りで、小さな胸がクラクラした。早く現実にウサギを獲りたかった。

杉の林を抜けると急に明るくなって、薄青い空を、ヒワの群れが黄色い羽を陽に透かせ、うるさく鳴きながら里の方へ過ぎた。尾根は御雷伝山山頂に向かってずっと続いている。雪も幾分深くなり、ウサギの足跡が急にふえた。乱暴に思う存分踏み散らしたものや、点々と行儀よく残したものがあった。直文は心が躍った。けれどこんなに沢山のウサギが出るのに、直文の罠だけはいつも避けて通られた。作造じいさんと同じように場所を選び、針金も焼いてつやを消し、目に付かないようにして、臭いを残さないように注意して歩いて罠を作るのに、まだ一匹も獲物がなかった。

直文はしゃがみ込んで足跡を調べた。新しかった。夜のうちに山の奥から出てきて、雪のない南面の草や松の苗を喰ってゆくのだった。こんなに沢山いるのだからきっと獲れるに違いないと思った。直文は大きなウサギを腕一杯にかかえているところを心に描いた。けれど、そう思いながらも、不安が広がっていった。

「じいさん、オレ、獲れないかも知れないよ。じいさんのようには獲れないかも知れないよ。ちっとも掛からないんだ、オレの罠」

直文が言った時、作造じいさんは答えた。

「心配はいらねえ。幾度もやっているうちに獲れるようになるもんだ」

作造じいさんは表情を変えずに言った。深いしわを刻んだ大きい顔の半分白くなった長い睫《まつげ》の下にくぼみ込んでいる瞳を見つめると、それは少し厳しく、深かった。直文は納得して顔をほころばせて言った。

「じいさんも初めは獲れなかったの？」

「そうさ」じいさんは言った。

その時以来、直文の不安は幾分和らいだ。けれど、実際に罠を作る時になると、作造じいさんの節くれ立った指先が針金を曲げるのと、自分が指先を痛くして曲げるのとは、全く違うことをしているような気持ちになるのだった。どんなに作造じいさんを真似ても、出来た罠はどこか違っているような気がして、大丈夫だと言われても、安心することが出来なかった。

時折、風が一団となって雑木の枝をヒューと揺らして行った。風の中には目に見えない細かい粉雪が含まれていて直文の顔を打った。尾根に立った太い栗の木の元までくると、そこから直文は北へ折れて、急な裏斜面の雪の中を下り始めた。雪は直文の長靴より深く、長靴が、ぐずぐずと雪を崩してはまり込む。木に摑まって、滑らないように下りて行っても、新しい絣の半纏《はんてん》は裾の方から雪まみれになってくる。長靴には雪がつまったが、直文はかまわず、足を雪から引き抜いては進んだ。

山の裏側は一日中陽が当たらず、冷たく尖った空気が顔を洗う。北の谷は陰り、全ての生き物を拒絶する厳しさで凍っている。雪の表面に藪が顔を出していて、その細い幹につかまり、足場を確かめて下りた。呼吸がふたたび激しくなってくる。ウサギの足跡は急な斜面に来ると、通りやすい場所を選んで一本に集まり、道をなしている。その通り道を狙って罠を掛けるのだ。ウサギの頭が針金の輪に入ると首がギュッと締まるくくり罠だ。ウサギの通路を確かめながら直文は斜面を下りた。

欅《けやき》の幼木の根元をウサギの道が通り、そこに最初のウサギ罠が掛けてあった。直文はその横に立ち、大きな呼吸をした。そして足をふんばって体を支え、曲がった罠をなおした。昨夜ウサギが通った形跡はなかった。もうこの道は避けて通られたのかも知れない。気付かれたと思った。

枝々に雪を積もらせた木に摑まって見上げると、谷にはさまれた空が、高く見えた。直文が斜面を下りてゆく姿は、雪を分ける小熊のようだった。風が吹いて、雑木の枝から雪の粉が流れて顔に当たった。直文は半纏の袖で額をふいた。次の罠も獲物はなかった。どうして一匹も掛からないのかわからなかった。一匹くらい獲れても良いのにと過《よぎ》る不安を押し返しながら、黙々と一つ一つの罠を調べ、曲がっている針金はなおした。斜面は中腹から急になった。

細い木をロープのようにして一段下りて、直文は半纏の雪を払った。直文がふたたび降りようと下を見た時だった。目を見開いたまま呼吸が停止した。そこに大きなウサギがうずくまって、ぐっと直文を見据えていたのだ。

不意のことに身が硬くなって、呼吸が逆流した。ウサギはうずくまり、直文に視線をこらしていた。ひげを立て、鼻をわずかにひくひく動かしていた。バネのような後足が一はねすれば、弾丸のように飛び去ってゆきそうだった。

ずっと前から、直文は父母にも、アヤ子や作造じいさんにも、必ず大きなウサギを獲ると自慢していたのだが、じいさんの他は、それを本気にしなかった。

それを思うとますます興奮してきた。だが、身を動かすことは出来ない。息が胸に苦しくこもってくる。直文の頭に何かが浮かんだ瞬間、ウサギは雪を散らして跳んだ。

「あっ」

直文は夢中で下へ飛んだ。驚きと絶望が直文の体をひきつらせていた。が、直文が飛んだと同時に、ウサギはもんどりうって雪の中に投げ出された。小さい、悲痛なうめき声が聞こえた。

転げ落ちた直文が起き上がろうとすると、ウサギはもう一度跳び上がり、今度は弱々しく一回転して倒れた。直文は何もわからずにウサギに抱きつくと、力いっぱい、逃げるウサギを引きもどした。ウサギの力は意外に強く、直文の腕の中で激しく足を蹴った。ウサギの首はしっかり針金にとらえられていて、針金は毛深い首を締め付け、肉の中に食い込んでいた。

長い間もがいた証拠に針金は伸びきり、首に食い込んだ針金は見えなかった。

針金がしっかり近くの木に結ばれているのを見て、直文はぼんやり、自分の罠にウサギが掛かったことを理解した。現実感がなく、何か遠くのことのように思いながら、手は機械的にウサギの首から針金をはずそうと焦った。

膝の間にはさんだウサギが暴れると、針金は更にきつく締まる。気が急《せ》くのと反対にこごえた指は固まったように動かない。ウサギは激しく腹を波うたせ、時々足をふるわせた。弱々しい必死の抵抗が直文をあわてさせた。けれど深く食い込んでいる針金はどうにもならなかった。ウサギはかすかな悲鳴をしぼり出した。直文は更に一刻も早くウサギを自由にしようと焦った。そうしているうちにウサギのもがく力は次第に弱くなった。

針金が容易にゆるまないのを知ると、直文は手でもんで針金を切った。それから少しずつ針金を反対に押しやって首くくりをゆるめ、ようやく取り除くことが出来た。ウサギはもうもがきもせず、腹が速く波うっていた。

そこは最後の罠に近かった。針金を結びつけた細い雑木は、皮がむけて黄色い内皮を晒《さら》し、周囲には、血の混じった液体が吐き散らされていて、雪の下の凍った土までひっかいてあった。その光景が目に入った時、直文は、自分がウサギを獲ったことを肌で感じた。顔をのぞくと、ウサギは眠っているように目を閉じていた。ウサギはずっしりと重く、温もりがつたわってきた。半纏を脱いで、ウサギを赤ん坊のように包《つつ》みながら、直文の顔はくしゃくしゃにほころんだ。

勝ち誇ったような興奮が直文におとずれた。凍った谷の空気があたたかくゆるんで見えた。

そしてころげるようにして下の道に出ると、一散に家の方へ走り出した。

二

隣家の陽だまりで、作造じいさんが飼葉《かいば》を切っていた。

「じいさん、獲れたよう」

　直文は足がもつれそうになりながら叫んだ。それが聞こえた証拠に作造じいさんは顔を上げた。畑の縁《へり》を走ってゆく直文の姿を認めると、手を止め、あぶなっかしい後ろ姿を見送りながら、頬をゆるめた。

　直文が裏口から家の中に飛び込むと、祖母が台所にしゃがんで、じゃがいもの皮をむいていた。

「おばあちゃん、ウサギ獲ったよ、ほら」

　祖母は直文を見上げた。

「ね、ウサギ獲れたんだよ、オレの罠に掛かったんだ」

　肩で呼吸をしながら直文は半纏をはいで、祖母にウサギを見せた。

「まだ生きているよ。だから、箱を持ってきて、ね、早く」

「ああ」

　祖母はようやく頷いた。そして、初めて笑顔をつくって立ち上がった。物置の戸を開けながら、祖母はつぶやいた。

「たいしたもんだよ、まだちびのくせに」

言葉で直文をほめていながら、まるで関心なさそうな声が物置に消え、戸がひとりでにきしんで閉まった。祖母は何かを言いながら箱をさがした。

ふだんあまりほめることのない祖母の言葉が嬉しくて、直文は自分が苦心してつかまえたことを、物置の中の祖母に大声で話して聞かせた。そうすると自分が一層大きな手柄を立てたように感じた。祖母は、古いリンゴ箱と藁をかかえて出てきた。戸はまたきしみながら自然に閉まった。

「生きているんか」

藁をほぐして箱の中に敷きながら祖母は言った。そして「それじゃ」と腰を上げると、また物置に入り、箱の上にのせる板を持って出てきた。

ウサギのずっしりとした重みを感じながら、直文は恐る恐る半纏をはぎ取った。それから箱の中にそっとねかせ、手を離すと、ウサギは一回全身を震わせ

てもがいたが、後はまた、腹の辺りをふくらませたりひっこませたりしている

だけだった。

「死にかかっているんだな」

祖母は言った。直文は箱の中まで身をかがめてウサギの口についている黄色い泡を拭いてやった。

「寒いかんな、藁をかけてやらにゃあ」

藁をすぐってかけてやると、また体を弓のようにしてもがいた。足を突っ張っていて、触ってみると硬かった。けれど、体を包んでいる羽毛の感触は直文の心を躍らせた。すべすべして、空気のようにやわらかかった。

「そんなことをしたって生きるもんかよ。雪の中で生きてるもんが寒い訳はあるもんか」

祖母はそう言って直文の半纏を取ると汚れをたたいた。直文はまだ呼吸が乱れたままだった。土と雪がズボンにも一面についていた。

ウサギは相変わらず腹を波うたせて、激しい呼吸を続けていた。時々もがいても、ただ身をよじらせ、足を突っ張って震わせるだけだった。そしてもがく毎に、黄色い泡を吐いた。

祖母が直文の手を取った。

「けがしているな。どうした、指のところを見せてみろ」

「平気だよ、こんなもん」

「何で切った?」

祖母はズボンをたたきながら言った。直文はまた話して聞かせた。

「ウサギがうんと暴れたんだ。行った時にまだ勢いがよかったんだもん。本気で捕まえたけど、力があったからやっぱり切っちゃったんだ」

祖母は何も答えず、もとの場所に戻って、じゃがいもを取り上げた。

箱をのぞくと、やはりウサギは腹で呼吸をしていた。ひんやりした土間の隅に置いた箱の中はうす暗く、横たわったウサギが弱々しい死にそうなものに見えた。直文はふっと不安に襲われた。ウサギの背に掌を当てると、頬に押し当てたいようなやわらかい毛が手を温めた。苦しんでいる獣をじっと見つめながら直文はその背を撫でた。ふいにウサギを助けたくてたまらない気持ちが胸につき上げてきた。

「おばあちゃん、生きるよ、これ」

祖母の背に声をかけると、祖母は振り向かずに言った。

「生きるもんか」

暫《しばら》くじっと箱の中を見つめていたが、直文は急に板を箱の上にのせ、表口へ飛び出し、隣家に向かってころげるように走った。突然心を襲った不安を押し返して、ウサギが生きるような気がしてきたのだ。

自信のなかった、ウサギ罠の掛け方も、今はすっかりわかるような気分になっていた。針金の曲げ方も、首をくくる輪の高さも、場所の選び方も、自信がもてるようになっていた。

今までは、作造じいさんに教わって、その通りにしても、自信をもつことは少しも出来なかった。ウサギの通り道を避けて通りながらも、もしかしたら、これでも気付かれているのかも知れない不安があった。作造じいさんと自分では、同じことをしていても全く違うのだという空しい不安があった。そんな思いをしながらずっと罠を掛けてきたのだった。

それが「幾度もやっているうちに獲れるようになるもんだ」と言う作造じいさんの言葉通り、現にウサギを自分で獲ったのだ。そして今、作造じいさんに対する信頼が一層増すとともに、ウサギ罠の掛け方に自信がもてるようになったのだった。そして、その経験が直文に新しい期待を持たせ、作造じいさんの所へ行ってみようと思ったのだ。

納屋から作造じいさんが干し草をかついで出て来た。綿入れの野良着に着ぶくれした、がっちりした背をいくらか丸め、ゆっくり足を運んでくると干し草の束を放り出し、パンパンと手をはたいた。そして走ってくる直文を認めると睫の奥をかすかに明るくして笑った。

「獲れたな。どうだわしの言った通りに出来たか」

「うん」直文は言った。

「どこで獲れたかね、後沢《うしろざわ》か」

「後沢の一番下のところだよ。じいさんの教えた通りにしたんだ。うんとでっかいんだ。まだ生きているんだよ」

直文は言いながら顔中で笑った。

「そうか」

言って作造じいさんは少し間をおいた。睫の奥に、かすかに困惑の影がうごめいた。

「生きていたか。生きていると可哀そうだ」

直文はその顔をじっと見た。

「いいかね、直文。罠はなるべく細い道を選んで急な斜面に掛けるんだ。平らな所じゃ、ウサギは一度掛かっても気が付いて首を抜いて逃げ出してしまう。少しの坂だとな、掛かるには掛かるが、首がきつく締まらなくて生きているんだ。急な場所だとウサギは暴れてころげ落ちて、首をつって一度に死ぬんだ」

「じいさん、一度に死んだ方がいいの？」

「そうだ」

じいさんは頷いた。直文の心には再び、さっき隅の方に追いやられていた不安が広がり始めていた。

「偉いもんだ。お前くらいの年じゃ、ウサギを獲れるのは少ねえ。これからはどんどん獲れるようになる。一回獲れると二回目からはずっと簡単になるもんだ」

放り出した干し草の上に、作造じいさんは腰を下ろした。そして指を組み合わせ、顔を上げた。白い無精髭を伸ばした口から白い息が流れた。直文は、作造じいさんの肩に体を投げかけて腕を首にまわした。まるまると着ぶくれした大きな体は、やわらかくて気持ちがよかった。

「生きていると可哀そうだ」

直文は、作造じいさんの言葉を思った。ウサギが確かに死ぬことを知っているような言い方だった。それとも、ウサギが苦しむのが可哀そうだと言いたかっただけだろうか、直文は判断できなかった。けれど作造じいさんの言葉は、直文に不安を投げかけていた。

「じいさん」

期待と不安をおさえるようにして直文はきり出した。ウサギが死ぬかも知れないと思うと、直文は前より更にウサギを生かしたくなってきた。

「オレが行った時、まだうんと勢いがよかったよ。今もちゃんと生きてるよ。箱の中に入れて、藁も敷いといたんだ」

直文は、じいさんの横に廻って腰を下ろし、顔を見上げた。

「ウサギ死なないよね。オレ、ウサギ飼うんだ」

作造じいさんは直文を見下ろし、暫く黙った後で笑った。野ウサギは、たとえ元気だとしても容易に飼い馴らすことができないと、作造じいさんはよく知っていた。まして罠に掛かったウサギが生きる筈のないことを知らないわけはなかった。

しばらく目を落として地面を見つめ、それから作造じいさんは天を見上げ、遠い目をした。暫くして直文に向けた目は優しかった。

「どうなるもんかな。生かすんだったらよく世話してやりな。生きるか死ぬか、明日にならなければわからねえ」

「何してやったらいいの？　じいさん。家のおばあちゃんは死ぬって言ったんだ。オレ生きると思うよ。どうしたらいい？」

「ああ」

じいさんは言った。

「わしにゃわからねえ。今までのところじゃ、生かす術《すべ》は知らねえなぁ」

「あったかくした方がいいかい？　ねぇ」

「藁でも敷いてやれ」

陽が薄くなって冷たくなってきた。作造じいさんの野良着は枯れ草のにおいがした。

「けがしたな、つめてえ手だ」

作造じいさんは直文の手をとると、その指を吸って血をとった。

「平気だよ、こんなもん」

直文は指のけがのことなど考えてはいなかった。と言って何を考えているわけでもなかった。何を考えれば良いのかわからない状態に近かった。自分でも理解できない気持ちが直文を揺れ動かし始めていた。

さっき迄の期待と不安ではなく、別の頼りない、未知の事柄に対する感触が少年を戸惑わせたのだった。その自信のもてない思いは、ウサギが獲れない時、罠を見廻りながら感じたものとは別種のものだった。

あの時は、自分のする事に不安をもちながらも、ひたすら作造じいさんに頼っていられる安心感が潜んでいた。けれど、今直文が新しい何かに戸惑ったのは、その安心感がなくなったからであった。作造じいさんから、はっきりと離れて立たされたからだった。直文はそのことを理解できなかったが、ぼんやりした孤独に戸惑ったのだった。

作造じいさんへの信頼が崩れたのではない。寄りかかることを拒否されて、自分の足で立つことを余儀なくされ、未経験の問題に立ち向かわねばならない不安が、直文をゆり動かしていた。

陽が入ると風が鋭くなった。

「じいさん、明日の朝くるからね。今夜降ったら、またウサギが出てくるかなぁ」

「ああ。もう帰りな。放っておいたらウサギが死んでしまうぞ」

作造じいさんは直文の背を押すように言った。

三

父も母も山から帰っていた。表口から入ると、囲炉裏に赤々と火が燃え、母が鍋をかけていた。母はすぐにお勝手の方に引っ込んで行った。囲炉裏端から機嫌のよい声をかけたのは父だった。

「ウサギを獲ったんだってなぁ直文」

「うん、でっかいやつを獲ったんだ」

直文はすぐに土間の隅へ行って板をはいだ。父が下駄をつっかけて下りてきた。

「なるほど、こいつはでっかいな」

「まだ生きているよ」

直文は手を入れて触ってみた。少し温かかった。

「それじゃ明日はウサギめしにするか。直文の初めての手柄だから特別たっぷり油をつかってな」

「だめだよ、生きているもの。オレ、これを飼っておくんだよ」

一瞬、父に驚いた表情が走った。

ウサギの毛はやわらかくてほんのりと温もりをためていた。直文は力を入れないように気をつけて撫でた。箱の中は薄暗く、ウサギは横たわったまま腹をふくらませたり、ひっこませたりしていた。大根の葉を入れてやると、後ろから父が言った。

「そんなもん喰うもんか。死にかかっているじゃないか」

「うん」

直文は言った。

「だけど明日になれば元気になるかも知れないよ」

父はそれにはもうとり合わなかった。直文はネギを掘ってきて白根を割ると、ウサギの鼻に当ててかがせた。ヘビが死にそうな時、ネギをかがせると元気になったことを覚えていたのだった。こうすればずっと勢いよくなると思った。

「なにしてるんだ直文、夕飯になるから早く上がれ」

父はあぐらをかいて囲炉裏に薪をくべていた。直文はウサギがもがくのを見ながら、上の空でそれに答えた。ウサギは前よりも激しく腹を動かし、足を突っ張って箱をひっかいた。ネギが効いたと思った。

「おとうさん、元気になったよ」

父は黙っていた。少し間をおいて、

「もう飯になるぞ」

と言った。

直文は藁のしべをすぐってまた沢山入れた。上がる前にもう一度ネギをかがせると、ウサギは激しくもがいた。

やがて味噌汁の煮える良い匂いがいっぱいに漂ってきて、直文は急に空腹を感じた。

　ふたの板をのせ、その上から重石をのせ、それから長靴をぬいで囲炉裏端に行くと、父は一人で食べ始めていた。お勝手の黄色い電燈の下を母がお膳を運んできた。

「どこの罠に掛かったんだ」

「後沢だよ。下の方の道に近い所」

「それは手柄だな」

　父が言った。

　一番あとから祖母がきて座ると、みんな食べ始めた。母がうどんを次々によそった。せかせかしながら、それでも決してこぼしたりしなかった。祖母が背を折って豆の皿を廻した。

　最後に母が箸をとると言った。

「この子は器用なんだねぇ」

「器用なんはなぁ、ここのおじいさんに似たんさ。宮大工じゃ、そりゃ並ぶ人はなかったんだ」

祖母は独り言の調子で言った。直文は何か言おうとして熱い汁が舌にからまってあわてて飲み込んだ。

「この前言った通りだね。後沢にはいいウサギの道があるもの、きっと獲れると思ったんだ。作造じいさんがよく教えてくれたんだよ。その通りにすれば獲れるって」

「ああ」

父が言った。

「行った時はうんと暴れたんだ。力があったよ。やっとつかまえたんだ」

「そりゃそうだ、いのちは惜しいもの」

すき腹にじゃがいもと大根の香りのしみた味噌汁はいくらでも入りそうに快かった。祖母は箸の先で上手に豆をはさんで口に運び、前歯で噛んでいた。

母が父のうどんをよそりながら言った。

「うまいウサギめしにしてやるからね、直文はうんと食べな、お前が獲ったんだから。それに初めてのお手柄だからね」

直文より祖母の方が先に言った。

「ウサギのやつは苗木を荒らすんで……。役場へ耳を持ってって五十円もらってこい」

直文は思わず叫んだ。

「飼っておくんだ。生きているもの、飼っておくんだよ」

母は直文の顔をみつめ、少し眉をひそめた。上座の父は黙ってうどんを食べた。その顔を窺ったが何も言ってくれなかった。

直文は目を囲炉裏の火に返した。ゆっくり箸を動かしていた祖母がその手を休めて薪をつついた。炎が上がり、パチパチ音がして火の粉が飛んだ。その色がまわりのみんなの顔に映った。祖母が言った。

「直文よ、あんなに苦しんで生きているのは可哀そうだぞ。明日の朝までには死んでしまうんだし、それに痩せてしまう」

「本当だよ。ウサギは山で悪いことをするんだし。苦しむだけ可哀そうだから今夜のうちに殺してしまうんだよ」

祖母の言葉を受け継ぎながら母は直文の肩をたたいた。

「世話したって生きっこないんだよ」

直文は薪をつついた。また細かい火の粉が列になって舞い上がった。

「ほんとに死ぬ？」

「死ぬな」

父の顔を見上げると簡単に頷いた。土間の隅を見やると箱の隙間から少しウサギの毛がのぞいていた。箱は静かに音もなかった。何か言いたい気持ちが心の奥に突き上げていたが、何を言ったらいいのかわからないまま、直文は、うどんをすすった。

「早く食べな、直文」

母がうながした。

「うん」

答えて、なるべく急いで食べたが、食べた気がしなかった。

作造じいさんと一緒にいるときは、言いたいことがそのまま言えるのに、こうして家にいると、何か言いたいと思いながら言葉が見つからなかった。大人の中に一人でいるだけで圧迫感があって気が詰まった。今も、直文の言いたいことは、四方から既に出口をふさがれていた。

親達の言うことに間違いはないような気もする。直文の前には、親達の堅固な言葉が立ちふさがっていて、直文の言いたいことはあまりに弱々しく、それに何の経験の裏付けもなかった。祖母が茶碗の始末を始めた。父はお茶を飲んで煙草に火をつけた。

直文は、ウサギが死ぬかも知れないと思い始めていたが、死ぬかも知れないと思う反面、希望が全て失われたのでもなかった。

黄色い電燈の光は土間の隅までは明るくしなかった。薄暗い片隅に置かれているウサギの箱を見ていると、ふと作造じいさんが恋しくてたまらなくなってきた。

その時、直文の口に自然に言葉がついて出た。

「おとうさん、生きたら飼ってもいい？」

「ああ。飼いたいんなら、勝手にしな」

父は気持ち良さそうに煙を長々とはいた。直文は頬がゆるんでくるのをこらえられなかった。そして父の膝に飛びついて言った。

「本当だよ、ね」

父は笑っただけで何も言わなかった。承知した証拠だろうと思った。

「生きるもんか」

祖母が言った。直文はお膳を母の所に持ってゆくと急いで土間に下りた。炉端から離れると、空気は切れるように冷たかった。父が母に何か言う声がした。祖母が低い声で笑った。直文はウサギの口から黄色い液体を拭きとってやり、手をやわらかい毛の上にのせた。明日の朝はアヤ子達に話してやろうと思った。それを思うとうきうきした。そしてたとえ死んでも悲しむまいと思った。

四

蒲団から手を出してみると、いつもより寒かった。外は昨夜のうちに雪が積もったらしく、眩しい光が雨戸の隙間から射《さ》していた。

父も母も起きたあとだった。直文は、ぼんやり目をあけ、それからあわてて蒲団からすべり出るとズボンをはいた。寒い空気が体にしみ込んできて肩をつぼめた。もどかしく半纏に腕を通して重い戸を押すと、前の座敷には雪に反射した光がいっぱいに満ちていた。直文はその明るさに目を細めた。

座敷に出ながら縁側の方に目をやった直文は、はっとして立ち止まった。何かが縁側に吊るしてある。近寄って改めて見つめ、息を呑んだ。

皮をむかれて、腹わたを取られた赤い肉塊がぶらさがり、その先からポタリと血のしずくが落ちた。

間近でよく見ると、それは明らかにウサギだった。緊張が直文を異常にしめつけてきた。

すぐに土間に走って箱を探したが、もう片付けられていてなかった。確かめるために、直文はふたたび縁側にもどって、血だらけの肉を冷たく雪晴れの朝日にさらしている動物を見た。

筋肉がにぶく光り、あばら骨の内側はからっぽで何もなかった。だらりと首が伸びて、皮をむかれた小さすぎる頭がぶらさがっていた。歯はしっかり喰いしばられ、目だけが丸く瑞々しかった。

直文はまだ、ある判断が出来ないでいた。その判断をするのが恐かった。理屈ではもう何もかもわかっていた。しかしその明瞭な判断を下すことに大きな抵抗があった。これが昨日のウサギであるという事実を認めるには、昨日の生きていたウサギと今の有様の差が激しすぎた。

土間におり、お勝手の方に廻ろうとした時、丁度裏口から薪をかかえた父が入ってきた。直文が立ち止まると父も止まった。何にも言えず直文はつばを飲んだ。父を見上げた。

「今朝見たら死んでいたんだ」

父が言った。とたんに、直文は父にしがみついて大声で泣き出した。泣きながら父をたたいた。直文の手は父の腹までしか届かなかった。父は黙って立っていた。何に向けたら良いかわからない気持ちを、直文は思いきり泣き声にした。

お勝手の戸が勢いよく開き、母がとび出してきた。

「直文、死んでいたんだよ、何ですか」

母は直文をおさえつけた。今度は母をぶって泣いた。ウサギが殺されたと思って泣いているのではなかった。ウサギが死ぬかも知れない予感は持っていたのだった。それが突然、明からさまに眼前につきつけられたのが、裏切られたようで悔しかったのだ。時間がたてばわかるかも知れないことだった。

直文は泣き続けた。母は直文の手を締めつけて抱き上げた。涙が顔一面に流れた。足をバタバタする直文を座敷まで抱いてくると母は涙を手拭いでふいてくれた。そして急に声を優しくして、

「もう赤ん坊ではないんだから、聞き分けがなくてはだめだよ」

と言った。

冷たい風が吹き込んできて、直文の頬を晒した。

「罠に掛かったウサギなんか死ぬに決まっているんだよ。今朝見たら死んでいたんだよ。わかるだろう」

直文はこくんと頷いた。けれどわかったから頷いたのではなかった。まだ心

の底にどうすることもできないわだかまりがあった。
しかし泣きながら、少しだけわかったような気もしてきた。

春の雪

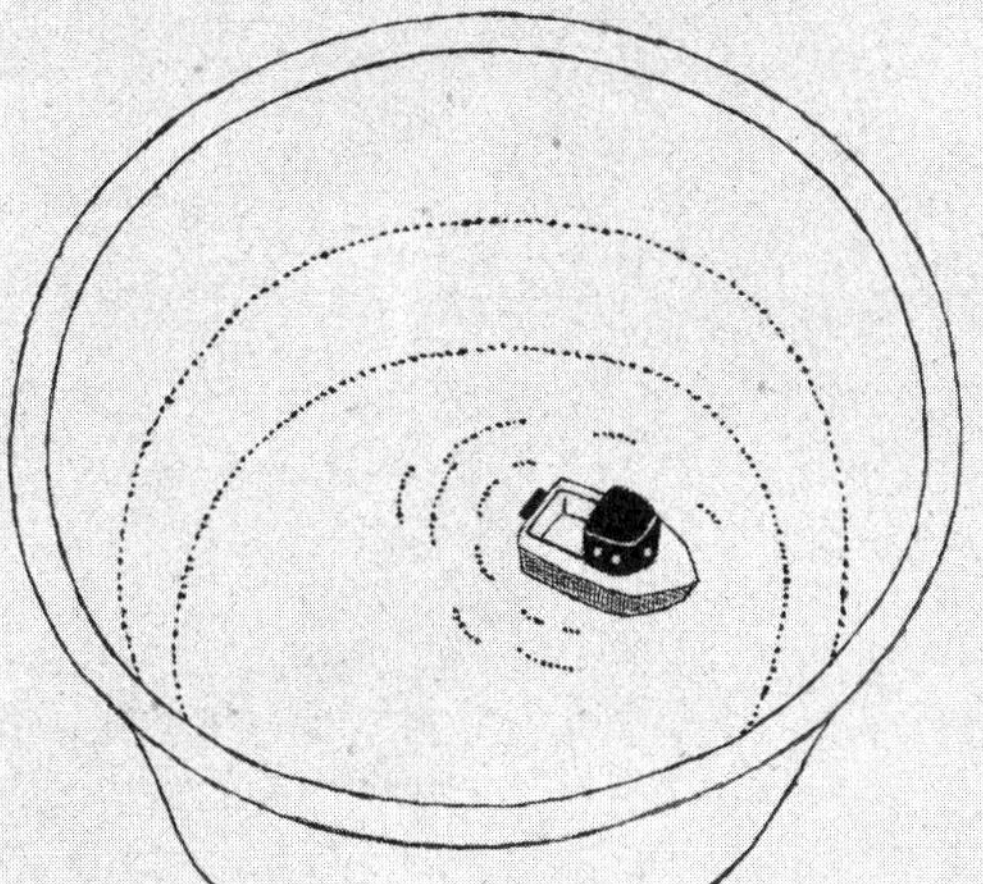

一

御雷伝山《おらいでんやま》の中腹よりかなり上の窪地に浸み出ずる水が、尾根の間の谷を縫ってトロトロとした流れに育ち、小川となり、直文の家の横に流れ下っている。道はその川にぴったりと沿って山へと登ってゆく。直文の家から二十分ほど上ったところまでは、馬車や小型トラックが通れるが、急に一人がやっと歩ける程度の二本の細道に分かれる。

この辺りで水量は急に減り、湧き水が集まって、コロコロと流れて、沢蟹がいるような水流となる。一本の道は小川に沿って、まっすぐ御雷伝山に登ってゆくが、直文は右の急な斜面を登る道を進む。

今日は四月三日で、柏沢村《かしわざわむら》の春のお祭りの日だ。八日には直文の住む日向《ひなた》村《むら》のお祭りが待っていて、その日は柏沢の良二おじさんのところから従弟の悟《さとる》と牧《まき》が遊びに来て泊まる約束になっている。お祭りが続いて体も心も浮き浮きする季節だ。一人っ子の直文にとって仲の良い従弟が遊びに来ることは何よりも楽しみだった。今日は、直文が良二おじさんの家に泊まりに行くことになっていた。

急な山の道を、飛び跳ねるように直文は登ってゆく。山越えのこの踏み分け道を早足で行けば、子供の足でも二時間かからずに柏沢の良二おじさんの家に着ける。一直線に尾根を登り、峠を越え、走り下ればバスの終点の柏沢停留所に出る。そこから少し坂道を登れば良二おじさんの家だ。

直文の家の前方、つまり南の谷底を流れる温川《ぬるがわ》を越えると県道があって、バスが通っている。バスで柏沢入口まで行き、そこで、柏沢行きのバスに乗り換えれば、良二おじさんの家の近くまで行けるが、V字型に道を下り、折り返して、一つ北の尾根の向こうの谷を登らねばならず遠回りだ。バスの本数が少ないので、待ち時間を考えると気が進まず、やはり山越えの道を行きたくなるのだった。V字の最短を結ぶ直線、それを直文は石や倒木を飛び越え、小走りで登っている。

春のお祭りの頃には、さすがに雪は消え、落ち葉の間や崩れた黒土に春の気配が漂っている。けれどまだ芽吹きは見られない。

半分晴れた空に、雲の動きはやや早く、空気は湿り気を含んでいる。

この小道を通って、直文は年に二回は峠を越える。春と秋のお祭りの日に柏沢の良二おじさんの家に行くためだ。細い踏み分け道で、はっきりした道とは見えず、生い茂る草に隠れていたり、崩れて道がなくなっている所もあったが、直文にはこの道はよくわかっていた。けものがけもの道を行くように、直文が道に迷うことはなく、途中で二箇所ある分岐もそのわずかな特徴をよく覚えていて、間違うことはない。

山道は直文にとって、庭で遊ぶように慣れたものだ。急いで登っても呼吸が乱れることもない。時々熊が出没する話は聞くが、直文は出合ったことがなく、恐さも感じたことがない。峠が近くなってきて、右の急斜面に岩がむき出している。岩裾の斜面の小道が崩れて、足場が失われていた。岩に手をつき、腹這うようにカニ歩きして越えようとして、直文はふと足を止めた。

岩の斜面にカモシカが姿を現し、直文をじっと見下ろしている。直文も静かに、間近にカモシカを見た。直文を警戒する様子もなく、澄んだ目が優しく見えた。直文は微笑んだ。体の力を抜き、じっとカモシカを見つめると、カモシカも安心しきった様子で直文を見ている。良いことがあった時の嬉しい気持ちが直文の中に広がった。

その時、ズズーと、崩れた道に掛けた足が滑った。

直文が足を踏ん張り、岩につかまった手に力を入れた瞬間、いとも軽々とカモシカは一跳びして姿を消した。牛のように太めの、重そうな体のどこにそんな神秘の力が潜んでいたのか。

止めていた息を直文は深く吸い吐いた。

感動のようなものが直文の体内に生まれていた。カモシカと時を共有した体験が力となって、直文の内側に生まれたということかも知れない。野山や川に遊び、小鳥や魚を追い、山の動物と出合う体験は、少しずつ直文に吸収され、それが野性の力を与えていた。

良二おじさんは恵比寿顔で、いつもニコニコと迎えてくれる。温かい抱擁力を漂わせていて、良二おじさんの前では緊張することがなく、直文はゆったりした、自由な気持ちで振る舞うことができた。

「兵隊のおじちゃん」

と、直文は幼い頃呼んでいたらしい。良二おじさんはボロボロの兵隊服姿で大陸から帰って来た。大怪我をして引きずっていた右脚は、今でも治っていない。もっとも二歳にもならなかった直文には当時の記憶はおぼろげだ。

激戦の死地をくぐり抜けて帰って来たのに、良二おじさんの人柄にはその痕跡がなく、どこまでもおだやかで、実直な良心が名前にまで滲み出ているような人だ。

直文は良二おじさんも大好きだったが、安子おばさんはもっと好きだ。安子おばさんは左手が捻れて、細くだらりと下がり、右手しか利かなかったが、片手だけで子供たちの世話も、台所仕事も、全く不便がないように、手早く、上手にこなしていた。

何と言っても安子おばさんはいつでも穏やかな笑顔をたたえ、優しく面倒を見てくれるので、直文は大好きだった。片手が不自由だが、お雛様のように白い顔が美しかった。

それに勉強はずっと一番で通し、女の子なのに級長もした人気者だったと聞いている。性格もこんなに良ければ、良二おじさんが婿に来たのもよく理解できる。良二おじさんは、直文の父、貢《みつぐ》の弟だ。柏沢の一番奥に住む安子おばさんを見初めて婿入りしたのだった。

負傷して帰って来て間もなく安子おばさんと結婚し、終戦の年に長男の悟が生まれ、年子で牧が生まれた。

畑も小さく、夫婦ともに体が不自由で、清貧の文字がそのまま当てはまる暮らしぶりだが、家庭の清楚さと温かさは比べ様のないものだった。

「あの夫婦は神様だ」

近所の人はそう言っていた。

峠に立って直文は四方を見渡した。峠の近くで林は終わり、広々とした草原になっていて、小さな木が点在している。ここで、小道は三つに分かれていて、まっすぐ行くのが柏沢への道だ。

早く柏沢の家に着きたくて小走りで峠を登ったので、まだきっと時間は早いはずだ。

どっちを見渡しても山また山で、その山々が尾根と谷で作るヒダが見渡す限り展開している。その大パノラマを半曇りの空が蓋のように覆っている。村は尾根の隆起に隠れ、一つも見えない。ピー、ピーと、木笛のように丸みを帯び、それでいて透き通ったウソの鳴き声が聞こえる。

一呼吸しただけで、直文は反対側の沢に向かって小走りで下り始めた。下りは勢いがついて、砂で足が滑るが、危なげなく飛ぶように下りてゆく。着地した足に滑りを感じたら、足の力を緩めて体を浮かせ、ポンと飛べば安全なのだ。こんな道で滑って転ぶなんてことはない。それに登り道とは反対に、下りは全く疲れない。空中を飛ぶ感覚で、上手に足先を土に触れてゆけばよいのだ。

あっという間に柏沢川に来た。川から土手を二十メートルも上れば、バスの終点、柏沢だった。そこから登り道を十五分も行くと数件の集落があり、その一番上の、石垣の家が良二おじさんの家だ。

二

二つ下の集落にある神社の方から太鼓が聞えてくる。もうお祭りは始まっているのだ。引き戸を開けたままの玄関で、

「おじちゃん、おばちゃん」

と大声で呼ぶと、悟が走って出てきた。続いて弟の牧が、安子おばさんはエプロンで右手を拭きながら笑顔を現した。

「直ちゃん、ずいぶん早く来れたね。走って来たんじゃないの」

「上がれ、直文」

四月に入ったばかりでまだ寒く、玄関の土間の奥の間に囲炉裏があって、薪がチョロチョロと炎の舌を見せている。そこに座った良二おじさんの、いつもの優しい顔が見えた。

悟が直文を引っ張り上げた。直文は父に言われた通りに、おじさんに近づき、

こんにちはを言った。無口で生真面目な父は、必ずきちんと挨拶をするように、いつも直文に厳しく言っている。

「それが出来ないのはだめだ」と。

だが、直文は父がいつも言うように正座はせず、立ったままちょこんと頭を下げた。良二おじさんの家では、解放感があって、かたくるしい挨拶はなじまないような気がした。

台所から美味しそうな匂いが漂ってきて、直文は空腹を感じた。きっと大根、人参、蒟蒻《こんにゃく》などが鍋で煮込まれているのだ。

片手でお盆を支え、安子おばさんの白いエプロンと白い笑顔が、薄暗い台所から現れた。

「神社に行くんでしょ。お腹空くから、食べて行ってね」

炬燵《こたつ》の上にお盆を置き、羊羹《ようかん》とお茶を並べると、安子おばさんは台所に戻って、今度は野菜の煮物の大ドンブリを運んできた。大根、人参、蒟蒻の他に椎茸、大豆も入っていた。安子おばさんの作る羊羹は上手で、とても美味しい。畑で穫れた小豆を煮て、摺り鉢で潰し、濾《こ》して作った羊羹は滑らかで、甘さが絶妙だ。

羊羹を食べ、お茶を飲み、煮物を食べていると、良二おじさんが足を引きずり、大きく体を揺らしながらやってきた。

「ホレ、小遣いだ。大きくなったなあ、直文。少し見ないうちにずいぶん背が伸びた。よかったなあ、利口そうな子になった」

良二おじさんは可愛くて仕方ないというように直文の頭を撫で、悟と牧の頭も撫で、二人にも小遣いを渡した。

五十円ももらった。今朝、母からも五十円もらったので百円もある。お祭りはこれだから楽しみでたまらない。

三人は元気よく飛び出し、神社に向かった。

三

石段の入り口には左右に高い幟《のぼり》が立ち、風にハタハタと音を立てている。白地に墨で太い文字が書かれているのが如何にも有難そうだが、直文には読めない。幟の竿は太い角材の支柱に固定されていて、その支柱には大太鼓が吊るされている。三人の子供が太鼓をとり囲み、順番にたたいていた。腹を震わせる太い響きが谷に広がってゆく。

急な石段を見上げ、それから牧の顔を覗き込み、

「おんぶしてやろか」

直文が言うと、牧は幼い丸い顔を横に振った。それじゃあと牧の手をとり、直文が先頭に立って三人は上り始めた。追い越してゆく子供や家族連れが幾組かいたが、牧の足は結構速く、時々一段飛ばしもしながら元気に上る。

杉並木の陰がおごそかな空気を作っている。石段の踊り場には左右に露店が

出ていて、左側の店ではワタアメを、右側の店はラムネ、サイダーなどを売っていた。

笛、鼓《つづみ》、鈴の、ゆったりした調べが伝わってきた。神楽殿で舞いの奉納が始まっているのだ。石段が終わると急に広場と道を兼ねた平地が開ける。仁王門の向こうに広い庭が開け、それを取り囲んで正面に社殿、その左に神楽殿と社務所が並んでいる。

門の外の道や、広場の周囲、杉の古木の下は隙間なく露店が埋めて、ひしめき合っている。子供たちが人だかりを作っていて売り子の気っ風のいい声が響いている。

メンコ、ビー玉、ベーゴマ、竹トンボなどを並べた店、セルロイドのいろいろなお面、刀、十手、自動車などを売る店、金魚すくい、たこ焼き、焼まんじゅう、風船細工、お好み焼き、ブリキのおもちゃ、ヨーヨー釣りなどの店が並び、農村らしくカマ、ナタ、ハサミ、ノコギリなどの農機具や苗木を並べた店も出ている。空腹を誘う香ばしい甘い匂いは、上州名物焼まんじゅうが炭火の上で焼けている匂いだ。

普段は学校の前に駄菓子、缶詰やサイダー、せんべいなどの食料やタバコを売る小さな商店が四つあるだけの村に、子供が喜ぶ店がこれだけ並び、しかも赤いのれんや旗が賑わしている。神楽殿から流れる調べや、石段の方から伝わってくる大太鼓の音とともに、お祭りの気分が体と心に浸《し》み渡る。

牧がメンコを何枚か、真剣に選んでいる。直文と悟が背後からあれがいい、これがいいと声を飛ばす。結局大小、いろいろな図柄のメンコを十枚も買った。甘辛の香ばしい匂いに誘われ、直文と悟は焼まんじゅうを買い、牧はワタアメを買って三人で仁王門の、ちょうど腰掛けの高さの石積みに座って食べた。

次第に境内へ人が移動してゆく。恵比寿様の舞いが終わったところで餅投げになる。それを目当てに神楽殿の周囲に人が集まっているのだ。急いで食べ終えた直文たちも、大人の下をくぐって前の方に進んだ。餅は遠くを目掛けて投げられるので、あまり前の方だと拾えないが、後ろだと大人が多くて上でキャッチされてしまうので下には少ししか落ちてこない。結局、前の子供に投げてくれるのを狙う方がよいのだ。

トン、トン、トン、トン、ピーヒョロ、ピー、トン、トン

曲に合わせたゆっくりした所作で、恵比寿様が満面の笑みを人々に投げかけながら舞台を一回りする頃、餅を山に積んだ盆を捧げた三人の男が舞台の端に進み出ると、詰めかけた人々から歓声が湧き上がり、境内に満ちる。

「オーイ、こっち、こっち、こっちへ投げろ」

恵比寿様にも餅の盆が渡され、餅投げが始まる。人波が崩れ、乱れ、人々の意識が飛んで来る菱餅に集中し、一瞬声が静まる。餅を空中でキャッチする男、用意してきた前掛けを広げて受け止める女、落ちたのを必死で拾い、奪い合う子供たち。直文の顔にも肩にも餅が当たり、地面に転げる。素早くそれを拾った。

終わってみるとあっという間だったが、まだ興奮冷めやらぬまま、浮き立つ気持ちで成果を三人で見せ合うと、直文と悟が五つ、牧が三つだった。まずまずの成績に満足だ。

ブリキのおもちゃ屋の前で直文たちはしゃがみ込んだ。ブリキ板を貼った流しの大きさの水槽に、ブリキのボートが幾つも浮いている。ヨットや軍艦もあったが、三人が目を瞠《みは》ったのはポンポン蒸気船だ。赤、青、黄で塗られた華やかなボートが三船、ポンポンと音を立て、船尾に泡を吐き出しながら走っている。

船室の後部が開いていて、中に小ローソクの炎が見えた。この炎が上部のタンクの水を沸かし、それが後ろにポンポンと吐き出されて、反動で進む仕組みのようだった。本物の海も汽船も見たことがない三人は高揚した気分になった。

「面白いだろう。よく出来た船だよ。負けてやるから買っていきな。ローソクを替えればずっと動くぞ。買った買った」

祭りの法被《はっぴ》に捻《ねじ》りはち巻きのおじさんの威勢良い、はちきれるような声は心を突き動かす。直文は悟と顔を見合わせた。

「お祭りの日だけの値段だよ。この辺で売っている店もないよ。八十円のところを五十円にお負けだ。さあ買っていきな」

悟も欲しそうな顔をしたが、直文は母と良二おじさんからお小遣いをもらったから百円もある。

「オレが買うから、帰って三人で遊ぼう」

良いおもちゃが見つかったことが嬉しかった。牧がブリキのピストルの模型を買い、悟がパチンコを買った。

帰りは遊びながらだ。牧はバーン、バーンとピストルを撃つ真似をして走り、悟は小石を選んでパチンコで電柱や樹の幹を狙った。石段下の大太鼓の音が少しずつ遠ざかり、境内の喧噪も谷や山に吸収されてしまっていた。

四

直文たちは、大きな金だらいを庭に運んで水を張った。ブリキのポンポン船を浮かべ、大きな海を思い浮かべた。色鮮やかな船は美しく水に映える。指で突くと少し前後にバウンドして進み、左右に波を起こす。この柏沢に始まる小さな流れも、ずっと流れ、合流しつづけて、いつか船が浮かぶ海につながるのだろうと思うと浮き浮きする。

「いいかい、いくよう」

直文はマッチを擦って、小ローソクに火を点《つ》けた。小さな炎が点《とも》り、しばらく待つと、炎が育ってゆく。いつポンポンと泡を吐きながら進み始めるのか、胸が高鳴り、息を止めて待つ。牧が直文の前にもぐり込んで覗き込む。

船は動かない。

「あっ」

と牧が声を上げるのと、直文と悟が異変に気付くのは同時だった。

三人とも黙り込んだ。

ローソクを消し、恐る恐る船室を覗くと、炎の上部のブリキのタンクが落ちていた。パイプとタンクを接合する部分のハンダが溶けたのだ。

「だましたんじゃないか」

暫く黙った後で悟が言った。

「文句を言いに行こうか」

直文は答えなかった。自分のやり方が間違っていたのかも知れない。それにだましたのだとしても、子供の文句があの人たちに通じるはずもないと思った。だましたのだとすればクレームに対応する手法は完全なはずだ。

良二おじさんの家では、安子おばさんの優しさも、ごちそうもこの上ないものだった。三人は夜ふけまで、部屋中を駆け回り、布団にもぐって遊んで、疲れ果てて寝た。

直文は闇に目を開いたまま、ポンポン蒸気船のことが心に掛かって眠れなかった。自分の扱い方が悪くて、ハンダが溶けたのかも知れない。しかし売り子のおじさんは何も取扱いの注意を教えてくれはしなかった。悪意のようなものを、直文は感じた。目を開けても閉じても同じ漆黒の中で、直文は静かな呼吸を続けた。

五

朝起きると、庭も遠くの山も真っ白だった。

四月になって雪が降ることはあるので、驚きはしない。

何センチか積もっただけの春の雪は陽が出ればすぐに溶けてしまう。しかし空は一面、薄い雲で閉じられている。

今朝は寒いので、おじさん、おばさんも一緒に炬燵に入ってごちそうを食べた。花いんげんの煮豆、キンピラ、凍み豆腐の煮物、良二おじさん得意のタクアンもおいしい。それにけんちん汁と白いごはんだった。この辺りは田んぼが少なく、米は特別な日にしか食べない。

食べ終わると安子おばさんがいなり寿司を風呂敷に包んでくれ、それを肩に結わえて、直文は名残り惜しそうに玄関を出た。またすぐ八日には日向のお祭りで悟と牧には会える約束になっている。

急勾配の坂道は注意深く歩かないと滑る。擦り減った運動靴も滑りやすかった。雪になるとは思わずズックの運動靴で来たので、春の雪が冷たく浸みてくる。手袋もして来なかったので手が凍える。柏沢のバス停までは十五分ほどの下り道だ。雪が降ったので今日は子供一人の峠越えは難しく、バスで帰ることにした。

下り坂は勢いがつく。直文は器用に足を運び、滑らないように軽いタッチでバス停に急いだ。

左にゆるくカーブして、その先まっすぐな道になる所から、バス停と、そこから谷を下へ下へと続く道が展望できる。その道をボンネットを長く突き出した、如何にも旧型の疲れたバスがゆっくりと走り、遠ざかってゆくのを直文は見た。

「あれっ」

信じ難い感覚で直文は立ち止まった。時計を見て十分に間に合う計算で出て来たのに、なぜなのだろうか。予定より時間がかかり過ぎたのか、あるいはおじさんの家の時計が遅れていたのだろうか。いずれにしても当てがはずれて力が抜けた。後ろ姿がどんどん小さくなって、走り去って行くバスは、直文が出発時刻に遅れた、動かし難い事実を示している。雪の道路に二本の黒い線を引き、バスは姿を消した。

立ち止まり、考えた時間は一瞬だった。もうお昼までバスはない。それを待つことは到底できない。

「峠の道を越える」

その考えに迷いは全く浮ばなかった。雪の山道を一人で越えるのは大変だろうとは思ったが、もともと決まっていたように、峠越えを選んだのだった。背に斜めに掛けたいなり寿司の風呂敷の結びを確かめ、ズボンを引き締め、直文は歩き始めた。既に運動靴は冷たかったが、雪の山道に何の不安も無かった。

柏沢川を越え、登り道にかかると、やはり雪は滑ったが、雪道には慣れたものだ。しかし、慣れてはいても、余分に力が必要なのだろう。じんわりと汗ばんでくる。雲が薄れ、空と山の景色が明るくなってきた。

滑りそうになり、つかまった樹からボタボタと湿り気のある雪が落ち、頭や首を冷やす。雪が少しずつ深くなってきて、くるぶしが埋まる。すっかり濡れたズックの運動靴が冷たくて、足が痛い。手袋のない手も痛い。

峠を目指す道は狭い凹みを通るので、雪は深いが道筋はよく読める。雲が晴れてきて、空がどんどん明るくなり、谷道も明るく、気分は良かったし、いつも山や川で遊んでいる直文には大した不自由もなかった。しかし雪のない山道よりずっと疲れるのだろう。呼吸が乱れる。足元を踏み固め、枝につかまりながらだから、余分なエネルギーが必要なのだ。昨日、峠から柏沢バス停まで三十分程で来たが、雪の上りは二倍以上かかっているのだろう。

ザザーッと、突然風切り音が響き、黒い影がよぎった。左前方の開けた雪の斜面にそれはぶつかったように見え、そのまま空中に上って行った。直文は恐怖に近い驚きを覚え、初めて孤独を感じた。

鷹のような黒っぽい大きな鳥が何かをわし摑みにしてぶら下げ、高く空に上って行く。その先の空が円く、真っ青だった。

その後、一度も転ぶことなく、直文は峠に出た。青空が広がり、太陽が姿を見せ、全てがただ白く輝く、限りなく広がる一色の世界が直文を待っていた。

だが、その景色に直文は面食らった。ただ白く輝くだけの景色が世界の涯《はて》まで広がったような光景を直文はまだ見たことがなく、その広がりを予想することができなかったのだ。

峠からはどの方向を見ても雪原が広がり、所々に細い立木が黒い肌を見せている。何にも無い。遠くはるか下の方で幾筋もの尾根と谷がゆったりとしたヒダを織りなしていて、これも真っ白だ。そのずっと背景を区切っている連山も、真っ白だ。

限り無く広がる、白く輝く世界に直文は感動を覚えたが、全く異質な領域に足を踏み入れてしまって、もう帰ることができなくなってしまったような孤独を覚え、身震いが走った。今迄には一切無かった体験であった。

しばらくして直文は気付いた。

「どこを歩いたらよいか、わからない」

どの方向に進むべきか、判断する手掛かりが一切無い。

鳥の声さえしなかった。白い世界はただ沈黙するだけだ。直文を受け入れてくれているが、手助けすることもなく突き放している。雪に覆われた道は全く見当がつかず、どっちを見てもただ平らで、真っ白な雪原だ。

どの方向を行くか、直文はしばらく考えた。どの方向が家に帰れるのかはわからない。今日は作造じいさんがいない。じいさんならどう行けばよいか、簡単にわかるかも知れないと思う。

しかし、作造じいさんがいつかこう言っていた。

「真白な雪の原をまっすぐに進み続けると、グルリと一回りして、元の所に帰ってくる」

では人間は何を頼りにして判断したらよいのだろう。

雪原には何の痕跡も残されていなかったが、ただ二筋だけ、足跡が続いている。チョン、チョン、パタンと続くのはウサギの足跡だ。全てが雪原になっても、ウサギは自由に、迷うことなく歩いたようだ。どうしてそんなことが出来るのか、直文はウサギがうらやましい思いがした。そんな能力は自分には無い。ただはっきりしているのは、家に帰る道を、自分で決めなければならないことだ。目に見える道は無いのだ。

わずかな手掛かりはあった。

今登ってきた道を背にして、反対方向にまっすぐに下ればよいこと。右手奥にそびえる御雷伝山の三角形の峰が見えるから、その斜め左方向、つまり南東方向に直文の家が位置すること。

それと、沢を下れば、必ず集落に出ること。

直文は眼下に広がる尾根と谷が織りなす、雄大な白銀の世界を眺め、考えた。どの谷を目指すか。今、立っている峠の周囲はなだらかな平原が広がり、特徴のある起伏もない。平原が終わった辺りから谷が始まっているようだ。

直文は、一つの大きな凹みに目を留めた。そこから谷が始まって、一番確かに集落へと続いているように思えた。この方向に下りようと決めた。

しかし不安はある。昨日、今朝と判断を誤っていた。ポンポン船の売り子の顔や走り去ってゆくバスの後ろ姿が浮かぶ。それを、打ち消すように頭を振って、じっと谷の方向を見つめた。

峠の付近の雪はやや深く、足が凍えて痛い。手に当たる風も痛くて、固まった指が動かない。それでも直文に動揺はなかった。この場面では心を決めるしかない。このまま留まることはできないのだ。

掌に息を吹きかけ、直文は歩き始めた。純白の雪原に、直文の足跡だけがまっすぐに印されてゆく。ウサギの足跡の他に生き物の痕跡は何もない雪を直文は一足一足踏んで進んだ。

しばらくして直文は異変に気付いた。かなり斜面を降りたのに、沢らしいものがない。沢の入り口らしい特徴はどこにも見当たらず、右も左も前方も、なだらかな小さな起伏が続くだけだ。わずかな盛り上がりの右へ進めばよいのか、左へ回ればよいのか、見当が付かない。

立ち止まり、考えても、どちらへ進めばよいか、迷うばかりだった。峠の周辺の開けた雪原と比べ、陰もあり、暗くなってきたのが不安だった。

「下りるしかない」

それはわかっているが、低い方向、下りる方向さえわからない。峠も見えなくなって出発点の目印もなくなった。

何かに足をとられ、自分にも信じられないほどあっけない転び方を直文はした。顔が雪に埋まり、口に雪が詰まった。泣きたい気持ちを直文はじっとこらえた。

谷を探して、下へ辿るしかない。雪に足をとられて何回も転び、立ち上るが、その力も弱まってきている。ゆるく登る斜面に来ると、やはり回り回って峠に帰ってしまうのではないかと不安になる。

暫く立ち止まって直文は空を仰いだ。何かが間違っているような気がする。足が凍みて痛く、体の芯まで冷えが走って身震いする。けれど進むしかない。

留まっていれば山の中で迷ったまま夜に呑み込まれてしまう。行方不明のまま雪に埋もれることになってしまうのだ。

意を決して転げるように直文は走った。こんもりした小さな丘を横滑りして走り下り、転げ落ち、そのまま雪の中で息を休めた。かなり時間がたって立ち上がり直文は息を呑んだ。

「キツネだ」

丘の下でキツネが振り返り、鋭い目で睨んでいる。手に何も持たない小さな人間を恐れる様子もなく、直文を睨んで動かない。

突然キツネと出食わし、直文は驚くと同時に、スーと力が抜けるように緊張が解けてゆくのがわかった。

キツネは山奥では見かけない。人里近くにいるのだ。人間が飼うニワトリやウサギ、畑のネズミ、トウモロコシ、イモなどを食べて生きている。人家が近いということだ。あたりの空気があたたかく、黄色みを帯びてゆくのが感じられた。白銀の世界から人間の領域に足を踏み入れたことが体でわかった。

キツネの向こう側の凹みに一筋の黒い帯が下へと向かっている。

「水だ」

直文が動くと、キツネはゆっくりと向きを変え、先導するように進み、そしていきなり急な斜面を駆け上がって行った。

水を見つけて、安心が直文の顔に広がった。トントンと調子をつけて直文は下った。やがて水が現れ、少しずつ流れが育ってゆく。沢になり、両側の斜面が谷を深くし、直文が歩いている谷の底が道であることがわかってきた。

やがて人家が一軒見え、その少し下には三軒の集落があったが、直文の村ではない。どの谷を下ってきたのかわからないが、目的の村につながるものではなかったことは確かだ。

しかし更に下ると、直文の村から二つ東の村であることがわかった。直文の家に達する谷を読んだ勘は違っていたが、大きく間違ったわけではない。道を読み切れなかった思いと、まあ近い谷を選んで下ることができたという納得とが、複雑に混じり合った気持ちだった。

ここから家までは二十分だ。不安と恐れの圧迫感から解放され、直文は小走りで家に急いだ。

はじまりの谷

一

岩の間からポコリポコリと湧く水は、甘く、おいしい水だと見ただけでわかる。量は少ないけれど、冬枯れの時も梅雨の頃も変わらずに湧出している。冬は手に温かく、夏は喉に冷たく、ほんのり甘さを含んだ水はとてもおいしい。直文の家の裏近くまで迫っている山裾の岩から湧く、この水をタンクに貯め、集落の六軒の家は水道で引いている。

透明なだけの硬い純粋な水とは違った、水飴を薄めて溶いたように軟らかく、丸味を帯びた色が特徴だ。あるいは水底の小石や砂が色付いているのを映しての色合いなのだろうか。ワサビやセリが水端《みずはな》に生え、今はワサビの白い花が咲き始めている。土手にはミツバとフキの若葉が伸び、タンポポやハルジオンなどがいっぱい咲いている。

この湧水は直文の遊び場の一つだ。五月に入って、ここの水は手に温かく、軟らかく、水遊びにちょうどよい。水が湧出している下に平らに開けた場所があり、その真ん中で流れをせき止め、底砂を掘り、石で囲って溜まりが作ってある。そこで直文は、この流れに沢山いるカニ、タニシ、温川《ぬるがわ》から漁ってきたカジカの子などを飼っている。

直文にとって不思議だったのは、何回飼ってもその内にカジカの姿が消えてしまうことだった。こんなにきれいで、おいしい水がカジカの生棲に不適当だとは考えられない。ハヤやアユを飼ったこともあるが、同じ結果だった。直文の家の裏庭にある大きな池に生まれるオタマジャクシも、ここで飼うとなぜか姿を消す。どこに消えてしまうのか。一ヶ月もするとみんないなくなってしまった。

浅い溜まりなのでキツネ、ヘビなどに食べられてしまうのだろうか。でも温川から連れてきた魚だけが消えてしまうのはなぜなのだろう。もともとこの流れに沢山いるカニとタニシ、ヤゴや小さな川虫だけは棲みついているのに不思議だった。

湧水の上部にある岩の窪みには石像が鎮座していて、水神様《すいじんさま》と呼ばれている。風化が進み、苔むしていて表情もはっきりしないが、それがかえって有難く見える。水神様の上部に咲き始めた明るいヤマブキの黄色と鮮やかな朱色のヤマツツジが水溜まりに映って美しい。

ヤマブキの花の間に女の子の顔も二つ映っている。前の家のアヤ子と絹恵が一緒に遊んでいる。アヤ子は直文と同い年で絹恵はずっと年長の中学一年生だ。アヤ子は、性格も父親似でおとなしい。女の子らしい遊びしかしないので、物足りなさはあるが、気の強さに自信のない直文には気が合う。

年齢が離れている絹恵が遊びに加わっているのは珍しい。アヤ子が体も細く、おとなしいのと反対に、絹恵は身長も体重もあり、母親に似てどっしりした性格で面倒見がいい。遊びの指示や提案も絹恵がするが、声に自信や温か味があり、年長者ということもあって気になることはない。むしろ指揮者がいて安心感がある。

「その屋根みたいな石の下に何がいるの？　直ちゃん、はいでみて」

絹恵に言われて直文は置いてあった石に手をかけ、そっと持ち上げる。きれいな砂の上に、カニが四匹いた。大きいのが二匹、中ぐらいのが二匹で、驚いた一匹が急ぎ足で逃げるが、他は静まったままだ。

小さいヤゴのような虫と、幾つかの川虫がゆっくり動いている。水が洗い続けている土気のない砂地は、石を動かしても濁ることはない。

「あっ、ヤジリだ。直ちゃんの宝物だな。見せて」

絹恵の声に、しゃがんでいたアヤ子が水底のヤジリを拾い、絹恵に渡した。

幾つも拾ったヤジリの中でも真っ白で、形も整い、直文が一番気に入っているものだった。

「ふぅん。きれいなヤジリだなぁ」

白いヤジリは磨かれたように滑らかで、絹恵はじっと見つめていた。

「そこの土手で見付けたんだろう」

男の子のような言い方に直文は、コックリと頷いた。

「よし。ヤジリと土器を掘ろう。ここは大昔から人が住んでいたんだよ。水が良い所にはジョーモン時代にはもう人が住んでいたって、社会科の堀田先生が言っていたよ。お父さんも言ってた。水源の周《まわ》りには古代人が家を作って暮らしていたんだって。直ちゃん家《ち》の裏は、日溜まりで良い水が湧いているから、ひょっとすると直ちゃんの先祖かも」

そう言われて、岩の窪みに座る水神様を仰ぎ、直文はずっと大昔の、先祖と交信したような気持ちがした。目鼻や口、耳の形もはっきりしないまでに風化した石像は、とても古いものには違いない。でもまさかヤジリの時代に作られたものとは思えない。ずっと後の時代に、先祖に連なる誰かが設置したものなのだろう。

「そうか。先祖もこの水を飲んでいたんだ」

太古の人びとに心が通ってゆくように直文は感じた。それにしてもこの水はどこから来ているのか。地球の芯から湧いてくるのだろうか。それとも、と空を仰いだ。

「御雷伝山《おらいでんやま》のてっぺんに繋がっているのだろうか」

この山裾から小さなヒダが起こり、尾根に成長し、高低を繰り返しながら雄大な隆起となって御雷伝山の頂に達している。頂上は三角形に空に突き出していて、遥かに遠い。

「この水はどこから来るのだろうか」

その問いは直文の中で、自分たちの祖先はどこから来て、ここに住んでいたんだろうか、という空想と重なり合い、想像力を刺激した。

湧水の左右は、山裾にへばり付いた小さな畑となっていて、畑の端の土手にはウド、ワラビ、ノビル、フキ、ヨモギなどの山菜が豊富だ。ヤジリや土器を作っていた祖先は、野山の動物を獲り、これらの山菜も食べていたのだろう。温川に下りれば魚も沢山いる。水にも食べ物にも困ることはなく、山を背負った日向村は住むのに絶好の場所だったのだろう。

着る物はどんなものを着ていたのだろうか。動物の皮か、樹皮や植物の蔓を編んだらしいものを腰に巻き、肩にも掛けた古代人が槍をかざし、弓矢をかまえて動物と闘う絵を本で見たことがあって、そんな人間がこの辺りを走る姿も頭に浮かんだ。弓矢で古代人同士が争ったりもしたのだろうか。

あのヤジリや土器は確かな生活の跡だ。それが直文の祖先であったかも知れない。

直文が家に走り、持ってきた唐《とう》ぐわで畑の土手を掘ることになった。絹恵が掘る場所の見当を付けた。

「湧水に近くて、山に近い平らな所に家を作ったと思うよ」

絹恵がそう言って、指差した所を土手の端から直文が掘り始めた。直文は今までに幾つもヤジリと土器のかけらを拾ったが、絹恵が選んだ場所の端が、畑の土手に移行する辺りの崩れた土からそれらを見つけた。拾った幾つかの中で特に美しいヤジリをきれいに洗い、大切に石の下に隠しておいたのだ。

しばらく掘ると、土器のかけらが出てきた。赤土を焼いて作った壺が壊れたものと思われた。壺があったのだから、食べ物を入れておいたに違いない。

畑の手前まで土手を崩すと、ヤジリが五つ出てきた。直文の宝物より小さいものばかりで、形も美しいものではない。けれどヤジリの作りかけと思われる破片が幾つも出てきて、ここでヤジリを作っていたのは確かのようだ。

円盤を半分にした刃物のような白い破片も見つかった。薄くて、割れただけのものなのか、研がれたものかはわからないが、フキをスパッと切ることができた。真っ白で硬い石はこの辺りでは見たことがない。どこから持ってきた物なのだろう。刃物にもなる硬い石を、どうやって削ったり割ったりしてこの形に加工したのだろうか。不思議なことばかりだ。

土手の一番下は畑になっていて、水がにじみ出ている。そこを少し掘ると水が溜まってきた。そこからは幾つものヤジリと、白い石の破片が出てきた。アヤ子が穴に手を突っ込んで泥をまとめて掻き上げ、それを探ってヤジリを探す。

「あっ」

とアヤ子が声を上げ、直文を見上げた。

「何かいるよ」

ドジョウが泥水の中をくねっていた。大きな太いのが一匹、白い腹を躍らせ、他に小さいのが三匹は動いている。

「ここは前からドジョウがいるんだよ」

絹恵が監督のように立って見下ろしながら言う。

「このドジョウをセリと煮て食べてるよ、お父さんは」

「直ちゃんの池でドジョウを飼おうよ」

アヤ子は得意げにドジョウを摑んで言う。直文は笑ってみせたものの、魚がいなくなってしまう水溜まりを思い浮かべていた。

「きっとダメだよ。魚はみんないなくなっちゃうんだよ、あの池から。ドジョウは昔からずっと泥の中に住んでいて、気に入っているんだと思う。ここに置こう」

こくりと頷いて、アヤ子は泥の中にドジョウを手放した。ドジョウは泥に躍り込んで姿を消した。アヤ子の両手はまっ黒で、顔にも泥が付いている。

「アヤ子、手と顔を洗ってきな。良いことを思いついたんだ。古代人ごっこをしようよ。湧水を井戸にしてさ、まわりに陣地を作ればすごいよ」

絹恵が言うと、三人に笑顔が溢れた。

二

三人は自分の役割を手早くこなしてゆく。絹恵は平たい石を三つ、湧水のほとりの草原に据えてテーブルを作った。その周囲に腰掛け用の石を置き、窪みのある石をテーブルの隣に添え、それに水を張った。ヤマツツジ、ヤマブキ、タンポポ、スミレ、ハルジオンの花を水に浮かべると美しかった。それからクローバーの花を一束採ってきて、花の冠を三つ編み、腕輪も作った。

アヤ子はフキとワサビの葉を広げ、周りに重しと飾りを兼ねた土器の破片と小石を乗せ、皿を作った。ワサビの葉の皿の上にちぎった花を盛った。ヤジリも食卓の飾りに配置し、刃物らしい石器は料理用にした。フキやウド、セリ、ミツバなどを切って緑豊かにフキの葉の皿に盛り付け、皿の周囲にタンポポ、ヤマツツジ、ミツバウツギの花を配し、ぜいたくな食卓が出来上がった。

次に藪に分け入って登り、ヤマツツジとミツバウツギの形の良い小枝を選び、それを蔓でしばってかんざしを三つ作った。

直文はホテイチクとフジの蔓を切って弓矢を作った。手頃な短い丸太を拾ってきて蔓で枝に吊るし、それを棒でたたくと木魚のような音のする合図の鐘もできた。

「それから……」

直文はもっと華やかにしたかった。藪をかき分け、ヤマツツジ、ヤマブキ、ミツバウツギを一抱え折ってくると、池に活けた。もっと何かをと考えて、ハルジオン、ヒメジオンも一束採ってきて一緒に活けると、湧水の周囲は見違えるほど美しく、明るくなった。

「きれい！」

アヤ子は飛びはねた。絹恵が枝を折り、石器で削った箸も揃えられた。

「やっぱりもう少し食べるものが無くちゃ。スカンポと、イチゴがもう出来ているかも。みんなで採ってこよ」

絹恵は沢の土手にスカンポを採りに、直文は庭の石垣のイチゴを摘みに行くことになり、アヤ子はホテイチクの竹の子を採って皮をむく係になった。子供はせっかちだ。身軽に飛んでゆき、仕事を終える。スカンポと、ホテイチクの細い竹の子を絹恵が切って、皿に加え、イチゴも添えた。心が躍る食卓が出来上がった。

絹恵は貫禄があって、やはりお母さん役だ。アヤ子はお姫様を気取っていて、機嫌がいい。直文は弓矢を持った若い狩人だ。

「古代人みたいだね」

と絹恵が言うが、直文もそんな気分になっていた。湧水のほとりに家を作った古代人も今食卓に並んでいるような食べ物を食べていたに違いない。ポコリポコリと湧く泉は、その頃と全く変わりなく、人間のことなどお構いなく、湧き続けている。その泉は、何か大切なもののはじまりを知っていて、それを忘れたのは自分たち人間だけのような気がした。

直文は知りたいと思った。湧き出るこの水がどこから来ているのか、いつから湧いているのか。はじまりがないなんてことは無いはずだから、はじまるその前はどうなっていたのか。

「直ちゃん、どうかした？」

絹恵が聞いたが、直文は反応しなかった。しばらく、ポコリポコリと小さく盛り上がり、湧き続ける泉に見入っていた。実際に自分が狩人になって、この辺りの山野でシカやイノシシを追いかけている光景が脳裏に浮かんだ。

直文は泉から目を離し、御雷伝山を仰いだ。ここから、大地が起伏し、蛇行して雄大な尾根に育ち山頂へと、到達している。そこからはじまっている流れが、その流域に多くの生き物を養っているのは想像できた。あらゆるいのちはあの水源に生まれ、養われているのだ。いのちのはじめを、あの水源は知っているに違いない。

「あの水源に行ってみたい」

直文の胸に、強い思いがこみ上げてきた。

三

布団に入って裸電球を消したが、興奮が収まらず、直文の意識は冴えていた。好奇心が昂《たかぶ》っているのだ。ジョーモン人、古代人と絹恵は言っていた。遥か遠くの昔だとしか直文にはわからないが、自分の祖先がその人たちだったとしたら、その人たちを知れば自分の中にモヤモヤしている不思議が解けるような気がする。自分のはじまりについて、大切なことを知る手掛かりがあるかも知れない。

今日の遊びで絹恵の話から、ヤジリや土器を見る目が変わったし、それを使って生活していた古代の人の暮らしが身近なものに思い描けた。彼らは古代人ごっこの食卓と似たものを食べていたのかも知れない。あれに弓矢で獲ったイノシシなどの肉や川魚、山のイモ、それにクリやトチ、ドングリなどが加われば申し分ないだろう。

直文は自分の家のお墓を思い浮かべた。昔の石塔から最近の墓までズラリと並んでいるから、かなり古くから続く家であることは確かだ。最初の頃の石塔は形も角が崩れてまるまり、文字も読めない。

「江戸時代のものから読める」

と父が言っていたので、それより前から続いているらしい。でも絹恵が言っていた古代人とは、もっと遥かに昔の話だ。

直文の中にうずく不安に似た衝動が何であるのかわからないが、自分の源について知りたい好奇心がそこにはあるようだった。

暗闇の中で直文は目を開き、天井を見据えた。

「必ず御雷伝山の水源まで行ってみたい」

弓矢を抱え、沢を遡る光景を直文は頭に描いた。あの山にはクマやイノシシがいるし、マムシもいる。子供は絶対に入ってはいけないと強く言われていたし、行ったまま姿を消し、帰らなかった子供もいたと言う。

直文は一人で山道を行く。林の縁にフジの花房が溢れている。やがて道は消え、沢を登るしかなくなる。下から眺めた尾根も沢も雄大で穏やかなものだったが、踏み入ると外観とは全く違って深く、険しく、暗い。水を避けて右の急斜面を進むと崩落箇所が多く、深い谷底に滑り落ちそうになる。鬱蒼《うっそう》とした森の端が大木ごと崩落しているところもある。

直文は木の枝や露出した根につかまり、腕に力を込め、崩れやすく危なげな斜面を蹴るようにして登ってゆく。滑落したら死ぬかも知れないと思うほど、谷は深く、急で、足場が悪く、滑りやすい。杉林の中はひんやりとしていて、暗い。山裾で美しかった花も、ここには全く無い。

ずっと上の沢をクマがゆっくり横切る。重い、ずんぐりした体から想像ができない軽い足取りだ。思わず足を止め、上を見ると、直文がつかまった木の上にリスがいる。いそがしく可愛い頭と手を動かしている。クマを見た緊張は微笑みに変わり、体も軽くなる。

一時間ほど悪戦苦闘してやっと暗い杉林を抜け、若葉の雑木林に入ると谷は浅くなり、両側の斜面もなだらかになった。谷の底に落葉が積もり、それを割って僅かな水がにじむように流れている。明るい林床に若菜が沢山育ち、ユキザサが白い穂の花を咲かせ、エンレイソウが貴婦人のように目を引いた。注意して見るとチゴユリの可憐な花が所を選ばずに咲いている。スミレが所々に混じっている。

直文の心は開放されて軽く、明るくなった。ヒトリシズカの白い穂花が一群、いや見回すと幾群も凛とした清楚な花を咲かせている。木にからまるアケビが濃い赤紫色の花を沢山つけている。

「やっぱり、来てよかった」

直文は腰を下ろし、しばらく花咲く、若葉の林を眺めた。源流まで行けば何かがあると思っていたが、これだったのか。若葉の間を通ってくる風がいのちを洗ってゆく。

しかし本当の源まではまだある。直文は腰を上げ登り始めた。摺り鉢底状の谷は浅いが上りは急峻だ。落ち葉のやわらかい感触がなくなって、硬い地面になり、岩肌も露出している。岩の斜面は足場も、つかまる木も無い。岩場のはるか上に朱くヤマツツジが燃えている。張り付くように足を踏んばり、岩の角にかけた手に力を込め、直文は登った。息が切れてくる。

岩場を登り切ったところから、その先に開けている窪みを直文は見た。落ち葉を取り除き、地面を掘ったのだろう、水溜まりが出来ている。

「水源だ」

直文は鼓動を抑え、息を潜め、目を見張った。シカ、イノシシが水を飲んでいる。クマは昼寝をしているようだ。さっき見かけたクマだろうか。カモシカはぼんやり天を仰いでいる。水溜まりの上の岩にタカのような大きな鳥が止まっている。カケスが飛んできて、大きな鳥のすぐ近くの枝に止まったが、どちらも気に掛けていない様子だ。

この水はどの生き物にも大切で、その前では争うことがないのだろう。この水は誰も分けへだてなく、そして下流の人間をも養ってきたのだ。その人間も、直文も、はるか昔はこの動物たちの仲間だったように思える。これらの中から人が生まれ、今の人間になってきたに違いない。

「いのちの谷」

帰って来なかったという少年は、ここに居付いてしまったのかも知れない。直文は大切なものを見たと思った。直文の池からカジカやアユが姿を消してしまう理由がわかった。みんな水の少ない、危険な流れを辿って、温川に帰って行ったのだ。生きものはみんな生まれた源に帰ってゆくにちがいない。

直文の姿から、弓矢が消えていた。ここでは不要なのだ。ふと、罠で獲ったウサギの姿が頭に浮かび、心に痛みが走った。

生き物たちが生まれてからずっと、人間が弓矢で彼らを殺すまでは、クマもイノシシも、人を襲うような性質を持っていなかったのかも知れない。源流ではその頃の姿が今も守られているのだろう。

闇の中で目を見開いたまま、直文の心が躍り、熱くなってくる。直文はずっと眠れなかった。

夏の終わり

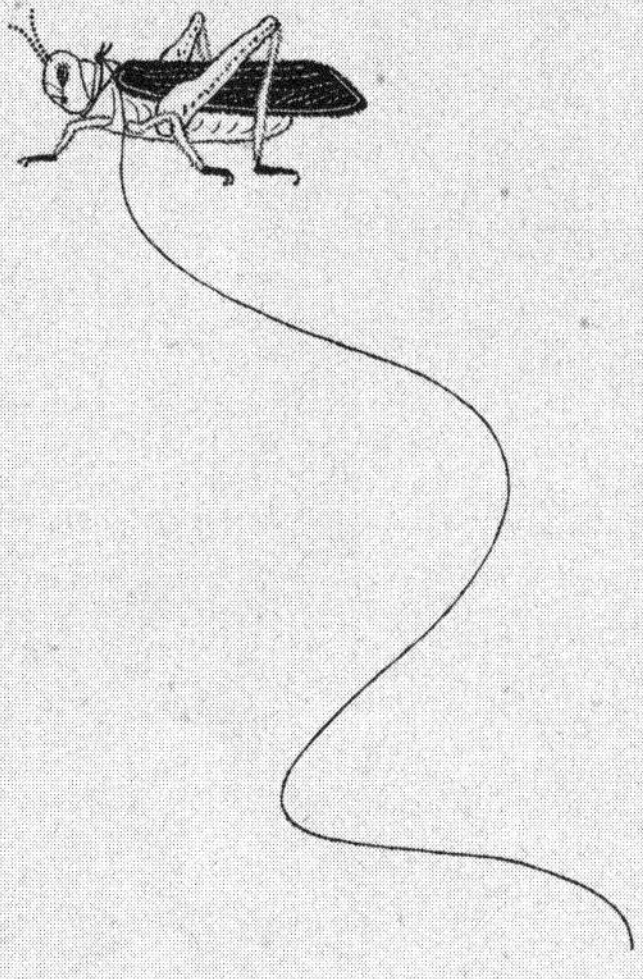

一

黄緑の羽を、乾いた夏の空に透かせ、バッタは高く、ゆっくりと滑空した。目を凝らして追うと、大きな弧を描いて、バッタはトウモロコシ畑の中に吸い込まれた。

着地点を確かめて頭に入れ、直文は目標に向かって小走りに、少し身を低くして走った。ランニングシャツに半ズボン姿の肌に、トウモロコシの葉がこすれる。近くまで走ると、音を立てないように直文は止まった。

そこからはトウモロコシの立ち並ぶ間を、四つん這いになってにじり寄っていった。一番奥まで、トウモロコシの茎がお行儀よく整列して並び、半分枯れかかった葉が無数に垂れ下がっている。葉に触れて音をたてないように、気配を潜め、直文は狙いの地点に近づいていった。

バッタはどこにも見当たらなかったが、直文には自信があった。乾き切ってひび割れた地面に落ちた葉や土の塊、林立するトウモロコシの茎、それらの隅々まで、直文の目が確かめていった。

「確かにこのへんだった」

息を殺し、バッタが降りたと見定めた、トウモロコシの周辺を余すところなく直文の目がつぶしてゆく。

直文の目に狂いはなかった。目標にしたトウモロコシの、幅広い葉の付け根に、大きなバッタが乗っていた。堅い羽を作り物のようにきちんと揃え、ガラスの眼に洩れ陽を光らせて直文の方を向いている。追われている生きものとは思えない落ち着き振りだった。直文は麦藁帽子をかまえ、息を止めた。小鳥を襲う猫のように一瞬身構え、素早くバッタに被せると地に伏せた。

帽子の中でパシッ、パシッとバッタがはねる音がする。息を静かに吐き、直文は体の力をゆるめた。

ガサガサとトウモロコシをかき分けて道に出ると、また急に夏の光が散乱する世界に晒された。ガラスのようにとがった光に首筋がじりじりと焼ける。

今まで捕まえたことのない大きなバッタを掌の内にとじ込め、道脇の荷車に腰掛けて作造じいさんが鳥屋から出て来るのを待った。じいさんはニワトリを飼っている鳥屋に飼料の注文を聞きに行っているのだった。

もう路面はすっかり焼けて、熱気とともにむっとする土のにおいが湧き上がってくる。

直文は掌の内でもがくバッタをランニングシャツの腹の中に入れ、シャツをふくらませてやった。掌から自由になったバッタは、とたんに直文の腹とシャツの間にできた空間を思い切りあばれまわった。

「だめじゃないか」

直文は顔をしかめた。

「可哀そうだから広い所へ入れてやったのに」

片方の手をシャツの内側に突っ込み、おさえつけると、バッタは茶色い、強い臭いの液を出してシャツに染みが付いた。

頑丈な厚い胸、太い腕の作造じいさんが、やや猫背の姿を鳥屋から現した。荷車から飛び降りると、直文は作造じいさんめがけて走りながら叫んだ。

「じいさん、バッタがいた」

直文が近づくとじいさんは手に持ったままだった麦藁帽子を頭に乗せた。

「大きいやつだよ。やっと捕まえたんだ。ホラッ」

彫りの深い眼窩の底に収まった眼で直文を見ると、作造じいさんはニッと笑った。短いヒゲだらけの、ブロンズ色に焼けた顔に、夏の光は弾き飛ばされている。

「ねえ、こんなに大きいよ。見たことあるかい？　今までに。トウモロコシ畑の中に逃げたんだけど、追いかけてやっと捕まえたんだよ」

直文のシャツの中を覗くと、作造じいさんは、

「ほう」

とだけ答えた。直文は満足した。じいさんの眼がいつも直文を褒めてくれる時の色をしているのを認めたからだ。直文を褒める時、作造じいさんのしわ深い顔の厳しい眼がさっと和むのを直文は知っていた。

「何袋だって？　ニワトリの餌は」

「十五袋だ。全部で二十袋だぞ。今日は重い」

「平気だ。オレ、うんと押すもの」

じいさんが荷車の引手を持ち上げて腰に当て、引き網を肩に掛けると、直文は荷台に乗り込んだ。けれど両手で木枠にしっかりつかまることが出来なかった。バッタに逃げられないようにしなければならないからだ。仕方なくバッタ

を入れたシャツの首元を片手でおさえ、片手で荷車の枠につかまった。

空はもうすっかり朝の清々しさを失って乱舞する光線が満ち、重ったるい、暑苦しい空気が澱んでいる。

じいさんは軽そうに、けれど地から足が生えているかのようにしっかりと、歩調を乱さずに荷車を引いた。乾燥しきった道をガラガラと荷車が進むと、掻き立てられた土のにおいがむっと鼻腔を満たした。

「せっちゃんはいるかなぁ、今日は」

じいさんは少し間を置き、

「ああ」と答え、太い首をグイと縦に振った。にじんだ汗が陽に焼けた肌を光らせた。

直文は望んだ通りの返事に安心した。じいさんがそう答えるのは百も承知していたし、せつ子が今日も農協にいることも当たり前と、疑っていなかった。けれどじいさんにこうして頷いてもらうと何でも安心できるのだった。

シャツの内側で動くバッタが気になったが、それをせつ子に見せることを思い浮かべると、心が弾んだ。こんなに大きなバッタを捕まえたことを知ればきっと驚くにちがいない。幼い子どもなのにすばしっこいと褒めてくれるかも知れない。

荷車の木枠に片手で力を込めてつかまり、床の格子に両足をふんばって、ガタガタと揺られながら、直文は空を見上げた。底抜けに青い空にも、くっきりしすぎる坂倉山《さかくらやま》の頂にも、全く風らしいものが感じられない。小学生たちの夏休みも今週で終わるのに、秋の気配などまだ一切潜み込む余地がない。

米俵の蓋《ふた》に用いる、藁で編んだチョッペシと呼ばれる丸座布団のようなものを敷いていても、道の凸凹は直接尻を突き上げる。ガタガタと音をひびかせ、荷車が過ぎてゆく道端の芝や雑草は、水分を失ってチリチリとよれ、その上にうっとうしく砂埃をかぶっていた。

トウモロコシ畑の葉はカサカサと葉先が枯れ、山は生気を失い黒緑色に重く固まって、ただ動かない。全てのものが水分を奪われ、突き刺すような夏の光に晒されている。

時々大きく揺れたり、石に乗り上げて止まりそうになったりする他は、荷車はしっかりと同じ速さで、同じ振動で引かれていった。

「今日はすぐ帰るの？　じいさん」

「いいや。牛に餌をやるまでにな、お昼頃までに帰るべ」

直文がついて行く時、作造じいさんはいつも急いで帰ろうとはしなかった。直文がせつ子に甘え、仕事の合間を見てせつ子が直文と遊んでやっている間、作造じいさんは農協の沢田さんや渡辺さんと牛や作物の話に熱中したり、呑気にたわいない世間話に花を咲かせているのが常だった。

バッタが逃げないように注意して軽くおさえながら空を見上げると、凛々しく羽ばたいて飛び上がってゆくバッタの姿が目に浮かぶ。早く飛ばせてみたかった。

二

畑の中の、石コロだらけの村道を通り過ぎ、高い吊り橋をゴトゴト音を立てて渡ると、荷車は県道に出た。急に畑が少なくなって家並みが続く。そして県道を少し進むと左手に小学校が見え、しっかり二本立った校門のすぐ向かいに古ぼけた黒いトタン屋根の農協が見えてきた。

作造じいさんが荷車を寄せている間に、直文は農協へ走り込んで行った。

「せっちゃんいる？」

金庫の前の沢田さんに大声で聞くと、売店の方から書類を抱えたせつ子が、紺の事務服姿で現れた。直文を認めるときれいに揃った白い歯をちらりと見せて笑い、

「あぁ、直ちゃん、来たね。作造じいさんと一緒？」

と、近づいてきた。そして、土間との間を古い厚い板で仕切っているカウンターに身を乗り出し、

「何か良いモノ持っているらしいな」

と、いたずらっぽく微笑んで首を傾けた。直文は顔をほころばせ、せつ子をじらすようにわざとソッポを向き、小さく首を振った。

「なに？　当ててみようか。あ、わかった。直ちゃん、もうちゃんとわかったよ」

またいつものようにすぐに当てられてしまったと思う気持ちと、嬉しいと思う気持ちが揺れて交叉した。せつ子の顔を見ると、目が面白そうに微笑み、もうみんなわかっているから……と言っている。

「見る？」

直文は合わせた掌を差し出し、少し間を置いてから、指の間に隙間を作ってせつ子に覗かせた。

「バッタ。うんと大きいよ。ね！」

「わっ、ほんと」

身を乗り出して覗いてから、せつ子はカウンターの向こうに体を引っ込め、

「でも本当はね、何だか知らなかった。意地悪君が教えてくれそうもないから
わかったって言っただけ」

と笑った顔を天井に向け、「私の勝ちっ」と言う身振りをして見せた。

「わぁ、ずるい。そんなの」

直文は恨めしい顔をして見せたが、内心は楽しく、嬉しかった。いつも、せつ子は直文の考えを言い当ててきた。いつものせつ子らしい調子に直文は安心した。

「せっちゃん、あのね」

直文はカウンターの上に首が出るまで背伸びした。

「糸はある？　バッタをしばって飛ばすんだ」

「ちょっと待って」

せつ子は忙しそうに机の引き出しを調べ、白い紙袋を取り出して差し出した。

「バッタをこれに入れて、ちょっと待っててね。役場へ行って用事を済ませてくるから。すぐに終わるから。そしたら遊べるからね」

入り口は開け放たれているが、農協の中は暑かった。大きな赤いダリアが三輪、カウンターに活けてあったが、それが余計に暑苦しく感じられる。

作造じいさんがのっと大きな体を現し、

「ごめんない」

と声を掛けると、沢田さんがすぐに立って招いた。

「相も変わらず暑いがどうだね」

沢田さんは乳牛の話を始めたのだった。あまりにも暑い日が続いて乳の出が悪く、みんな心配しているのだ。

「役場まで行ってきていい？　せっちゃんが行くから一緒に」

直文の声に、作造じいさんも沢田さんも振り返って頷いた。倉庫から鎌を沢山抱えて帰ってきた渡辺さんに入り口で挨拶すると、直文は裏口へ走った。ちょうど、抱えていた書類を持って、せつ子が裏口から出てきたところだった。

「自転車に乗って行く？　それとも歩く？」

せつ子が自転車の方に目をやった。

「いい。オレ、あんな近い所、走って行けるよ」

「そう。じゃあ、走るよ」

小学校の校庭に沿った県道を、せつ子と直文は走り出した。校庭には誰の姿もなく、だだっ広い空間には、土から空まで光と熱気が充満していた。もうすぐ学校が始まれば、空っぽの校庭にも生徒の賑わいがはじけるだろう。

校庭が終わる所で、せつ子は急にゆっくりと歩きはじめ、振り返った。

「直ちゃん、来年は学校だね。速いから運動会は一等だね」

「うん」

走りながら返事をすると、お腹に力が入って叫ぶように大きな声が出た。呼吸が少し乱れていた。

「小学校に入れば……」

せつ子に追いついて直文はせつ子を見上げた。

「学校の帰りに、毎日せっちゃんに会えるね」

せつ子の返事はすぐにはなかった。直文は返事を待った。暑いわりに、肌はさわやかだった。熱気が照り返してきても、汗はどんどん乾いてゆく。

「そうかな……」

曖昧な返事に、まっすぐ顔を見上げると、せつ子は首をかしげ、微笑んでいる。

「来年になれば、また来年のことがあるもの。来年のことはわからないからね。そういうものよ、直ちゃん」

小麦色に日焼けしたせつ子の顔は丸く、子供っぽく見えた。直文の心に、急に何かが引っかかった。せつ子の言葉が、素直に納まってゆかなかった。しかし、せつ子の明るく笑った声と、気の遠くなるような暑さは、直文の思考を窒息させてゆくのに十分であった。あぁ、そういうものかと、すぐに思うことができた。

小学校の校庭の隅に桜の木があって、それをすぎるとすぐに役場がある。せつ子は少し呼吸を落ち着かせ、背を伸ばすと、役場に入って行った。農協のように慣れていない場所に入るのは少し緊張する。直文はせつ子の後ろから恐る恐るついて行った。農協とは違い、役場はひっそりしていて、話し声もなく、みんな一生懸命に机に向かっていた。

せつ子は入って右側の机の男の人の前で立ち止まり、挨拶をすると左に折れ、一番奥の係の人の所に書類を差し出した。少し確認していたようだが、用事は本当にすぐに終わってしまった。

「よろしくお願いします」

丁寧に頭を下げるせつ子の姿が、さっきとは打って変わって大人っぽく見えた。左手に持った、せつ子にもらった白い紙袋の中で、バッタが動きまわり、思いのほか大きな音を響かせた。

せつ子の手を引っ張り、役場を出ると、目の眩むような太陽の下に出た。けれど直文は暑さが少しも気にならなかった。それよりも手をつないだせつ子の掌のやわらかさに驚いていた。

再び県道を通って、裏口から農協に入ると、作造じいさんと沢田さんと渡辺さんの大きな話し声が聞こえてくる。あれから三人でずっと談笑していたのだろう。せつ子の姿を認めると、団扇《うちわ》の手を止めないまま、作造じいさんは上半身で振り向いた。

「そうか、せつ坊よかったなぁ。沢田さんから聞いたんだが、そりゃ本当によかった」

じいさんはさかんに深く頷いた。せつ子の顔が赤らむのがわかった。

「あぁ、作造じいさんたら、いやだ。いつまでたったってせつ坊なんだから……」

せつ子は曖昧な返事をして、くるりと直文の方へ向いてしまった。直文には大人達の話がよくわからなかった。

「さぁ直ちゃん、糸あげる。学校の庭で遊ぼ。バッタを糸でしばって飛ばすんでしょう」

せつ子が小箱の中から白い糸を出してくれた。直文にはせつ子の口ぶりが不自然に思えたが、すぐにバッタに気を取られた。

「じゃあ、バッタをその糸でしばって。おさえているから」

直文はバッタの背中を指で挟んでせつ子の前に突き出した。せつ子がバッタの尻尾をしばろうとしたので、

「違うよ。そこじゃないんだ。首のへこんだ所をしばるんだよ」

とやや言い付け口調で言うと、

「あーら、そうなの、ごめんね」

せつ子は首をすくめて笑った。糸が確かにバッタの首にかかり、丁度よく締められていることを確認すると、直文は満足し手を放した。バッタはサッと黄緑色の羽を広げ、天井に上がり、ゆっくり旋回した。うまくいっているのを見て、直文は糸をたぐり寄せた。

校庭を目指して走ってゆくと、せつ子も精いっぱい走ってついてきた。

「せっちゃん、真ん中で飛ばそうね、真ん中ならどこにも引っかからないから。うんと飛ぶよ、これ大きいから」

「うん」

と後ろでせつ子が叫んだ。サンダルの音が走りにくそうに追ってくる。校庭の真ん中に来ると、直文はくるりとせつ子の方に向き直った。

「のろいなぁ、せっちゃんは。ペンギン鳥みたいだ」

「こら。悪い坊主め」

せつ子は目をむいて追いかける格好をしてみせた。直文が逃げようとすると、後ろからグイと抱き止められた。考えているよりもずっと強い、大人の力だった。直文はキャーキャーと大声を出し、もがいて騒いだ。腕の力が強まって、体が浮きそうになる。抵抗して身をひねり、せつ子の首に抱きついた時、そのまま足が地を離れた。

「ハハー、やだやだ、バカバカ……」

直文はせつ子の首にしがみついたまま体をゆすぶった。

「どお、これでもペンギン鳥？　小坊主さん。せっちゃんの方が強いでしょう」

「オレ、止まっていたんだもの。そこを急につかまえるんだもの、ずるい」

「せっちゃんが直ちゃんの子守りをしていた時なんか、まだお猿さんみたいな顔をして、それは軽かったんだから。戦争っ子だから栄養がなかったんだって」

「うそだ」

半分イヤイヤをし、半分笑いながら直文は叫んだ。笑って直文をのぞき込む小麦色の顔が前にも増して、いたずらっぽく見えた。少年のようだった。直文はふと不思議になって聞いた。

「せっちゃんはどうしてオレの子守りなの？　どうしてなの？」

直文はもどかしい思いをうまく言葉にして言えなかった。そんな直文の気持ちがわからないまま、

「どうしてって、頼まれたからさ」

と、せつ子は曖昧な返事をした。それは直文の疑問に対する答えにはならなかった。胸につかえた得体の知れぬ疑問とそれを知りたいという欲求が直文の胸いっぱいに広がった。せつ子がどうしてただの子守りなのか、それが直文には納得できなかった。

「バッタ、飛ばそうか、直ちゃん。今日の空、すごくいい色じゃない。空まで高く上がるかな？」

そう言うと、せつ子はやっと直文を地面に下ろしてくれた。

直文は足先で地面に線を引いた。

「ここからだよ。線を引いておいて、どこまで飛んだか測るんだ」

バッタに夢中になると、直文はもう、たった今抱いていたささいな疑問などすぐに忘れてしまった。自分の心をつき動かしたものが何であったかさえ、わからないまま消えていった。せつ子が他人であり、子守りであること自体が不思議に感じられた疑問から湧き立った波だったが、直文にもそれが何であったのかわかるはずはなかった。

乾き切った空気、空に満ちた鋭い光、むんむん立ち昇る土の熱気は、何もかもあっという間に奪い去ってゆく。

「見ててよ。いいかい。飛ばすよ」

顔が赤らむほど興奮し、直文はさっとバッタを宙に放った。二メートルほどの白い糸を引いて、バッタはぐんぐん上昇した。青すぎる空に夏の光が乱反射し、その空に黄緑のバッタの羽は美しく透いた。繊細に、上品に、透いた羽を震わせ、バッタは頂点に達した。それから広げた羽を止め、細い脚をピンと伸ばして滑るようにゆったり線を描き、地面に降りた。

「わぁ、高いなぁ。空まで上がった。すごいなぁ」

直文は叫んだ。

「本当にきれいねぇ」

改めて発見したようにせつ子が感動した声を発した。

バッタが着地した地点に向かって走りながら、直文は満足し、得意だった。直文が今まで見た中で一番大きいバッタは、やはり一番高く飛んだ。広げた羽も大きく、黄緑に透いた色も美しかった。

地面にまっすぐ伸びている白い糸の先を捕まえて、せつ子の方を振り返ると、せつ子はずっと向こうに離れて立っていた。

「ずい分飛んだねぇ直ちゃん。今度はそっちから飛ばして」

手を挙げるせつ子に向かって、再びバッタを放つと、黄緑に羽を透かせた美しい生きものが、必死に青い無限の中に上っていった。美しい空だった。見上げると、宇宙に限りがないことを感じた。何度も何度も、二人はバッタを飛ばせ、それを追った。夏休みの広い校庭に、せつ子と直文の黄色い声だけが弾けた。

庭の隅で飛ばせたバッタが、桜の枝に糸をひっかけてぶら下がった。せつ子が直文を抱え、高々と上げたが、枝には届かなかった。直文はせつ子に肩車をしてもらうと、そろそろと、危なっかしく肩の上に立ち上がった。直文がふらつくと、直文の脚をしっかりおさえるせつ子もふらついた。

緊張して、慎重に手を伸ばすと、やっと枝に手が届いた。枝を引き寄せ、糸をほぐしバッタを回収すると、せつ子はしゃがみ込んで直文を地面に降ろした。

「やったぁ、うまくいったね直ちゃん」

せつ子はほっと息をして笑った。

「誰かさんの頭にツノが生えた。誰かさんの頭にツノが生えた。鬼さんこちら」

直文はせつ子の目を見て笑い、手を打った。直文はちゃんとイタズラをするのを忘れなかったのだ。せつ子の髪に二枚、桜の葉が立っていた。

「こらぁ」

せつ子は目をむいて、怒った顔で追いかける。その口元が微笑んでいる。直文は悲鳴を上げて逃げた。作造じいさんもせつ子も同じように好きだったが、それぞれとの遊びは違っていた。せつ子とは甘えながらも子供同士のように遊ぶのが楽しかった。けれど、どちらといても、直文は安心できるのだった。

三

二人が校庭の真ん中に戻り、またバッタを飛ばせた時だった。バッタは大きく羽を広げ、それを美しい膜のように震わせて、ギラギラ輝く太陽に向かって上昇した。太陽はもう真上にあって、バッタを追う目がクラクラし、太陽を正面に見て視界を失い、二人はバッタを見失った。

と、この時、あまりにも突然に、視界が蘇り、金色の虫が羽を輝かせて、グイと二人に迫ってきた。今まぶしい太陽の中心に姿を消したばかりのバッタだった。

せつ子がひらりと飛びのくのがわかった。そして「あっ」という叫びを聞いた。

それっきり二人は黙った。何が起きたのか咄嗟《とっさ》には見当がつかなかったが、沈黙は直文を不安にし、動揺させた。

足元をじっと見つめていたせつ子が、やがてそおっと足を上げた。直文は黙ったまま足元を見た。バッタは泥にまみれてグシャリと潰れ、形も留めない無残な姿に白い糸がからまっていた。

「ごめんね」

狼狽《ろうばい》した声を聞いて、直文は顔を上げた。幾分色を失ったせつ子の表情は硬かった。

「ごめんね、直ちゃん」

直文の腕をしっかりつかんでせつ子は言った。直文は頷き、

「いいんだ」

と笑ってみせた。

「ごめんね直ちゃん。こんなことしちゃって。ほんとうにどうしよう。今度せっちゃんが大きいのを捕まえてあげるから」

直文は笑顔のまま黙って首を縦に振った。少しも怒ってなんかいなかった。けれど無惨に踏み潰されたバッタを見ていると不思議な気持ちになった。スッと気持ちが抜けたような気まずい空洞が心の中に生まれたのを感じた。

せつ子はおどおどして死んだバッタを見つめていた。直文に対して済まない

ことをしてしまったと思った。けれど自分に対して、いやもっと別な、大切なものに対して取り返しのつかないことをしたような気持ちに襲われた。

「バッタなんか、また何匹だって取れるよ。平気さ」

せつ子を慰めるために、わざとはしゃいで言いながら、もうこれからはせつ子に甘えてはいけないのだと思った。せつ子のことを少しも怒っていなかったし、嫌いになったわけでもなかった。ただ、今までの何かが失われ、新しい何かが始まったのかも知れない、そんな変化をうっすらと感じ、直文はせつ子の顔を直視できなかった。

「せっちゃんのこと、怒ってないわね？　勘弁してくれる？　直ちゃん」

「怒ってなんかいないさ。オレ、そんなこと平気だよ。バッタなんかいっぱいいるもの」

せつ子はようやく安心したように笑顔を作った。直文も応えて笑った。

「可哀そうに、こんなに潰れちゃった。埋めてあげよう。ちゃんとお墓を作ってやらなくちゃ」
桜の根元に穴を掘り、砂で小山を作った。周りに小石をきれいに並べるとバッタのお墓ができ上がった。こうしてバッタが丁寧に葬られると、直文はさっぱりした気持ちになって、さっきの出来事と、気まずい気分を少し忘れることができた。それに厳しい夏の力が、直文の中の全てのか弱いもの、曖昧なものを消し去り、強い芯だけを残してくれる気がした。

四

農協の戸口の前で、沢田さんと渡辺さんが、作造じいさんが荷車に鳥と牛の飼料を積むのを手伝っていた。直文はすぐに荷車に飛びつき、車が動かないようにおさえつけた。肩を当て、力を込めると、じいさんが肩にかついでは、どしんと荷車に積む飼料の袋の震動が伝わる。沢田さんは重い袋を荷車に投げつけるように積み上げる。渡辺さんは倉庫から台車で袋を運んでいる。せつ子が伝票に何かを書きつけていた。

積み終わると、じいさんは麻縄を強く張り、全身の筋肉に力を込めて引っ張り、締めつける。ポンポンと荷をたたき、ゆるみがないか調べると、じいさんは左手を荷についてホッと呼吸をした。

「それでせつ坊、御祝儀はいつだね？」

「まだ」

突然の作造じいさんの質問に、せつ子は口ごもり、下を向いた。

「誰がお嫁さんになるの？　じいさん」

直文は作造じいさんとせつ子の顔を交互に見つめた。せつ子ははにかんで微笑んだ。

「せつ坊がお嫁に行くんだ。おめでたい話だ。そうすりゃ直文も、もう今までのようには遊んでもらえないかも知れねぇぞ」

驚いてせつ子の顔を見上げると、せつ子は笑って、

「そんなことないよね、直ちゃん。また遊びに来るものね」と言った。

目をせつ子から離し、俯いたまま「うん」と頷いたが、その声はせつ子に聞こえなかった。何かを言いたい気持ちなのに言葉が出ない。せつ子も押し黙ったままだ。それを振り払うように直文は荷車にしがみついた。

「じゃあ行くぞ。直文頼むぞ」

作造じいさんが荷車の引手を上げ、肩に引き綱をかけた。

「九月にゃ、いい花嫁さんが見られべ。朝夫もいい奴だし、めでたい話だ」

じいさんの太い脚の筋肉に力が入った。ギイと荷車が動き、直文は全身に力を込めて押した。朝夫という名前を、直文は知らなかった。もしかしたら、と直文は思った。役場でさっきせつ子が挨拶をした若い事務の人かも知れない。

せつ子に挨拶をするのを忘れていたことに気付き、直文は荷車から手を離し、ひょいと振り返った。せつ子が立っていた。振り返った直文に気付くと、笑顔

を浮かべ手を振った。

「頑張れ。強いぞ直ちゃん」

直文は黙ったまま手を振り、くるりと前を向くと全身に力を込め、荷車を押した。すり減った運動靴が滑らないように、乾燥した路面に一歩一歩つま先を引っ掛け、体をバネにして、荷車を押した。

もうお昼の時間だ。今日は牛に餌をやるのが遅くなるだろう。けれど、じいさんは少しも急いでいる様子はなかった。真昼の太陽は鋭い光を振りまき、こんなに厳しい季節が、ある日を境に、一瞬に終わってしまうなどとは信じられない。その終わりの一瞬に、一層強く、全ての生きものを焼き尽くそうと、太陽はギラギラと輝いた。

残光

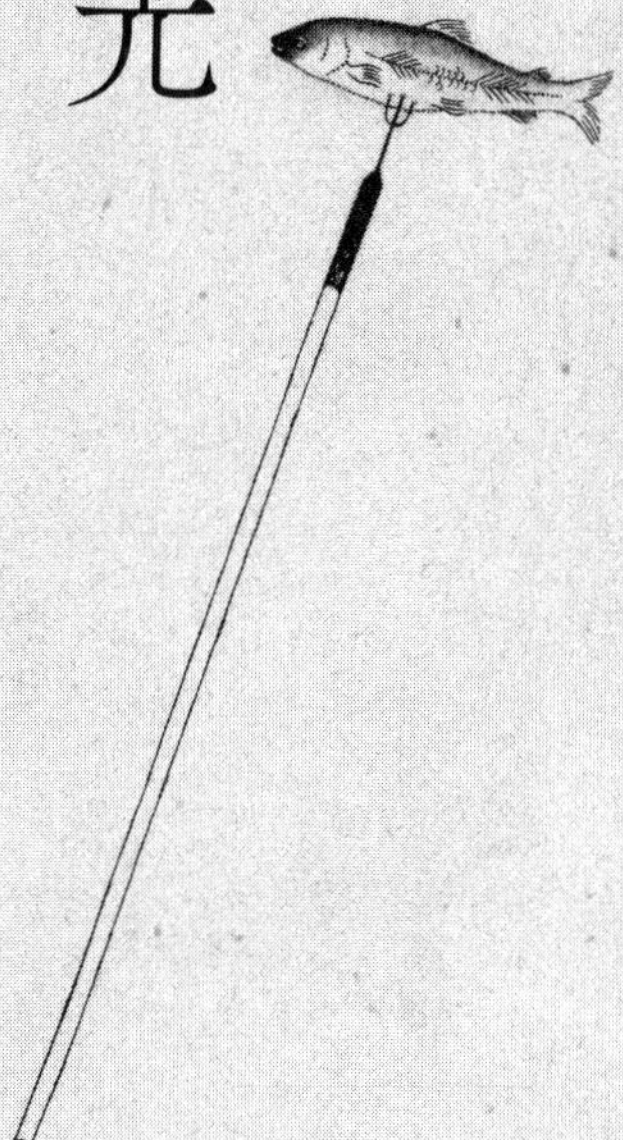

一

がらがら、と音を立てて引き戸を開け、直文は外に出た。薄暗い土間に慣れた目に、朝の光が眩しかった。空は限りがないように高く、青く、見上げるだけで体が軽くふくれていくようだった。

晴れた空を山の連なりが四角く区切っている。直文の正面の南は坂倉山《さかくらやま》の山脈、西は浅間《あさま》隠山《かくれやま》に連なる山々、背面の北側には御雷伝山《おらいでんやま》を主峰とする山脈が続く。東は、南と北の山脈が出合い、わずかに切れて、その切れ目に向かって温川《ぬるがわ》が流れてゆく。直文の村の空は長方形に区切られ、限られた狭い空は、山脈の高さに持ち上げられ、高く高く見える。

庭の二本の楓が一本は赤く、一本は黄色味がかった紅葉が始まり、葉が陽に透けて美しい。百日草と鶏頭が、季節をバトンタッチするかのように、両方とも咲いている。

直文が思わず立ち止まるほど、今日は好日だった。秋が始まっている。直文は今日も作造じいさんの手伝いをしながら遊んでもらうつもりだった。

庭の端まで来て、直文ははたと立ち止まった。ここから隣の家の庭の向こうに、作造じいさんの作業小屋が見える。直文の家の南を東西に走る村道は車も通れる幅がある。そこから北にゆるやかに登る小道が、直文と作造じいさんの家に分かれていて、左手、つまり西に直文の家の庭が、右手、つまり東に作造じいさんの家の庭がある。

農家の庭は収穫した作物を干したり、脱穀などの作業場として使うため、かなりの広さがある。

庭の出口にある平らな踏み石に立って、直文は立ちすくんだ。異変を感じさせるものが、作造じいさんの姿にあった。

小屋の入り口の、いつもの丸太にじいさんは座っていた。少し前かがみに、首をうなだれ、突っ張った両腕をしっかり太ももに立て、呼吸をしていない彫像のように固く静止していた。そのまま、もう動かないもののように見えた。

その姿に衝撃を受け、直文は呼吸が止まり、立ちすくんだのだった。

何を考えたらよいかわからないまま、暫く直文はつっ立っていたが、そろそろと前に進み、それから走った。作造じいさんの傍《そば》に来て、

「じいさん……」

と声を掛けようとしたが、言葉が出なかった。何も答えが返ってこないように感じた。

じいさんの肩を見下ろし、直文も黙ったまま立っていた。

作造じいさんと家族の間に何かあった……。直文は直感した。母屋には長男と嫁が二人で住んでいるだけなのに、何故じいさんは一人で小屋に暮らしてい

るのだろうか。たまに見かける長男とじいさんの会話も、大声で言葉が強かった。なぜ親子なのに仲が良くないのか、直文には理由がわからなかった。

作造じいさんは誰にも笑顔で、親切で穏やかに接していて、嫌われるようには思えなかった。

「あの家の者《もん》は変わっているんだよ」

面倒見がよく、おしゃべりな村の老女がそう言っていたのが心に残っている。

「さとさんは首吊って死んだんだよ」

さとさんは作造じいさんの奥さんだった人だ。

隣の家族の不自然さは、直文も何となく感じていた。じいさんは母屋に食事には行くが、

「十分には食べさせてもらえない。可哀そうなんだよ」

とも老女は話していた。母屋は広いのにもかかわらず、小屋の奥に仕切られた小さな寝床が作ってあり、藁を厚く敷き、そこに布団を掛けてじいさんは寝

ていた。

「さとさんも作造さんには良くしなかった。でも、さとさんが死んでから、作造さんは一人で小屋で暮らすようになった」

という話も何回か聞いた。

「あんなに良い人なのに、なぜなの？」

直文にはずっと理解できなかった。

「家の人の間で何かがあった」

それも重い出来事が。作造じいさんの家族を見ていると、何か大きな厳しい争いがあったのに違いないと直文には思えた。

長い間、直文は作造じいさんの傍に立っていた。じいさんも身動きしなかったが、立ち続けていると、じいさんのまわりの凍ったように固まった空気が、少し和らいでゆくように感じられた。

直文はじいさんの隣に座った。横たえた丸太は直文には丁度良い高さだ。何かを話しかけたかったが、胸が塞がれ、言葉は見つからなかった。何か助けになることをしたかったが、小さな直文には何も思いつかなかった。ただ待つしかなかった。

時間が止まったようだった。

「タケシが……死んだ」

絞り出すように、たどたどしく、作造じいさんは言った。

衝撃で、飛び上がるように、直文は立った。

タケシは作造じいさんの孫で十九歳だった。家族の中でタケシだけが作造じいさんと仲が良かった。だから直文のこともいつも可愛がってくれた。年は離れていたが、いつも直文と遊んでくれた。

つい一ヶ月前にも、直文はタケシに遊んでもらったばかりだった。中学校を卒業して、東京の電器屋さんに就職したタケシが、ラジオを売りに帰って来たと、村の人が話していた。それが村に戻ってきた理由かどうかは、タケシからは直接聞かなかったが、仕事で帰ってきた素振りは感じられなかった。今思えば、何か別の用件があったのかも知れない。

「死んだ」

つまりもういなくなったという事実が、直文には馴染めなかった。受け入れられなかった。ついこの間、明るい笑顔で、とても親切に、直文を川に誘って遊んでくれたばかりだった。

二

温川《ぬるがわ》が深く刻んだ谷に、川の響きが満ちている。激流の音とゆるやかな流れの音が重なり、溶け合うと、深く、心地良く、無限の奥行きのある落ち着いた音に均一化され、谷から天までを静かに満たすこの音が絶えることはないのだろうと感じられる。

川の空気が甘いのはなぜなのだろう。足を滑らせる石の表面を覆う苔のせいか、魚か草から発せられるものか。それらが融合したものなのか。

石にぶつかり、白く砕け散るしぶき、そのまま無数の泡となり、水中に連なり、広がり散ってゆく紋様。

今年は特別に厳しかった暑い夏の光がまだ残っていて、とがった光線が川面も石も草も焼いている。

顔を突っ込める四角い板箱の底にガラスを張って手作りした「水面《すいめん》」で川底を覗くと、驚くほど明るく鮮明な水の世界が映る。びっしり並ぶ大小の石、その表面に付く苔、大きい石の苔にはアユの喰み跡がくっきりと見える。カメムシを小さくしたような形の川虫が石の表面に沢山付いている。小さな白い泡の列が視界を横切って走ってゆく。直文とタケシはそれぞれ「水面」に顔を突っ込み、ヤスを構え、魚を探して川にはいつくばり、這うようにゆっくり動きまわる。

川の音が身も心も包み、甘い川の匂いが鼻から胸まで満たす。直文の「水面」の真ん中を、腹に赤い縞のあるウグイが横切ってゆく。小石の間に、とぼけたカジカの顔が見える。

直文は川底に目を凝らし、流れに抗して脚元を固めて、ヤスを構える。飛び散るしぶきが頭と顔にかかるが、気にはしない。水泡が流れ、射し込む日光が川底に明るい紋様を揺らす。

構えたヤスをサッと突き立てる。

ヤスは小石の間にザクッと刺さり、カジカは信じられない速さで機敏に身をひるがえし、視界の外に消えてしまった。とぼけた顔のどこに、あの能力を秘めているのだろうか。

直文は悔しさを嚙みしめた。

野生の生き物はみんな本能と言える敏捷さをもっているが、小さい直文にはとても太刀打ちできない。

じりじりと背を夏の名残りの陽が焼いている。

踏ん張らないと子供の脚は簡単に流れに押されてしまう。川底は滑るので、裸足で川底の苔の付いた石を用心深く、器用に摑むようにして進む。野山や川で遊んでいると、子供にも野生の能力が備わってくる。その力が強くなるに従って、直文も川の中も野も山も素早く、転ぶことなく、どんどん自由に動けるようになっていった。

体を包む川の音の底から、人の声が小さく伝わったように思って、直文は「水面」から顔を離した。強烈な光に、一瞬目が眩んで、体が揺れた。

「直ちゃーん」

はっきりとタケシの声が聞こえ、直文はその姿を探した。すぐに焦点が合って、タケシの姿が、はじめは霞み、すぐに、はっきりと見えた。

タケシは直文の約十メートル上流の、大きく川に頭を出した石の上に直立していた。白いランニングシャツと、半ズボン。ヤスを持った右手をまっすぐに、空を突き刺すようにあげている。

早い午後の太陽が頭上から強烈な光を降り注がせ、眩しい。激しい流れが、多数の石に弾けて大きく、白くタケシの背後に砕け散っている。そのしぶきに射した光が虹色に輝いている。光の中に直立したタケシの顔は静かに笑っていて、周囲の光景からタケシだけが妙に灰汁抜きされ、透明感を帯びている。その映像の不思議な静けさに直文は息を呑んだ。

タケシが上げた右手に握られたヤスの先には、大きな魚の白い腹が光っていた。

川はV字谷の奥、タケシの背後から流れ下って来る。この崖を川が削るのに、百万年より掛かっただろう、黒い硬い崖を少しばかりの樹や蔓が飾っているが、深い崖は谷を暗くしていて、その奥から川は石に砕けながら流れ落ちてくる。

深く暗い谷を背景にして、石の上に立つタケシの周りは眩しく、無数の光線が争い合い、はじけあっていた。直文は何故か軽いショックを覚え、川にしっかりと立ち上がって目を見張った。

タケシの顔は静かな笑顔を湛《たた》えていた。

三

この間、遊んでもらったばかりのタケシが死んだ。

川で直文と遊んだタケシは、いつもと少しも変わらず、朗らかで笑顔が溢れ、年の離れた直文と楽しそうにはしゃいでいた。

「一尺はないかな」

為留《しと》めたヤマメの大物を両手で握って、直文に差し出したタケシの笑顔は、どこか作造じいさんに似ていて温かかったが、優しさと同量のひ弱さを帯びているように映った。

その鮮明な映像から、まだタケシの体温が伝わってきそうだが、タケシはもう居ない。手も届かない。それは不思議な感覚だった。

直文の脳裏に、その光景は鮮明に、暗闇にそこだけ明るく映し出された幻燈のように焼き付いていた。

まだ刺さるように強く熱い、夏の残光が散乱する輪の中に、すっくと立ち、ヤスを持った右手を天に突き上げたタケシの笑顔。その映像が直文の頭に強く焼き付いて消えない。

四

直文は作造じいさんの前に立った。じいさんは握りしめた拳を太腿に立て、地面を見すえて頭を垂れ、動かない。何者をも寄せ付けない固まった空気の中にじいさんはいる。直文は拒絶されていると思った。

じいさんは黙ったまま動かない。もうこのまま、ずっと動かないのかも知れない。直文は長い時間、立ち尽くし、じいさんに向かい合っていた。何かしてあげられることがないか、直文は小さな胸で考えたけれど、思い浮かぶことはなかった。どんなことも、作造じいさんに届かないような気がした。

直文はまた作造じいさんの隣に座った。さっきよりじいさんに身を寄せて座り、目を前方に投げていた。

ただ座っているしかなかった。しかしそれだけでも、何か力になってあげられるような気もした。

二人は一言も話さなかった。もうお昼の時間になっているのかも知れないが、時間のことは頭になかった。黙って一緒に居ることだけが、直文がしてあげられるただ一つのことだという、じいさんへの繋がりのようなものも感じた。

秋の気配が潜む空気の下で、直文の身の周りから、人も物も、時間も遠ざかり、全てが無関係なものになっていた。ただじいさんだけが確かに隣にいる。そして、じいさんはタケシのことを確かに悲しんでいる。じいさんは直文を近づけないほどに、悲しんでいる。じいさんの身を切られる以上の悲しみは直文にも伝わり、じいさんの心を思う一方、じいさんから遠ざけられていることに直文は心が痛んだ。

ふと、目の前をゆっくり赤トンボが横切った。空気の中を滑ってきた赤トンボは、何事もないように、作造じいさんの握り拳に止まった。

赤トンボだ。

赤トンボが止まるほどに、作造じいさんは人間から離れた別の遠い世界に帰っていってしまったように見えた。

「じいさん」

直文は作造じいさんを呼んだ。大きな声が出ていた。

「じいさん。オレを一人にしないでね」

じいさんが驚いて、ゆっくり顔を上げた。直文を見つめた作造じいさんの目に、青ざめた直文の顔が映った。

作造じいさんは深く窪んだ目で、しっかり直文を見た。目が合うと、それだけでまたじいさんと会えたようで、直文は嬉しかった。

「オレを、一人に、しないでね」

しばらく間を置き、じいさんはゆっくりと頷いた。

直文はワッと泣いて、じいさんにしがみついた。じいさんの胸に飛び込み、太い胴に手をまわし、強くしがみつき、泣きながら顔をじいさんの胸に押しつけた。

じいさんの腕が、直文をきつく抱きしめた。

白い谷

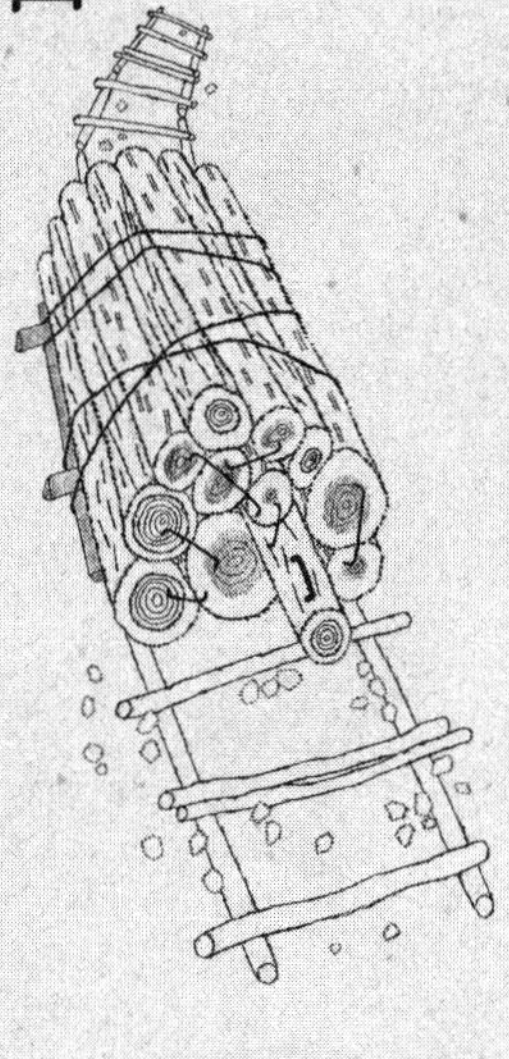

一

丸太を木橇《きぞり》に積み、荷崩れしないようにロープできつく縛り、かすがいを打って丸太同士を固定し、それから橇道をゆっくり下りてゆく。

橇道は、カラマツ林の上部にある棚状の平地から下の県道まで、西から東に、できるだけゆるやかな斜線を引き、急勾配をなだらかに下っている。

それでも斜面にはヒダのような起伏があるので、上りもあり、下りが急になる所もある。橇道には鉄道のように雑木で枕木が設置されていて、重い橇が軽く滑るように、摩擦抵抗を減らし、しかも平らな所と上りの部分は枕木に油が塗られて滑りをよくするよう工夫されている。

専門の材木搬出人夫は一度に一トンもの丸太を積むが、作造じいさんはその半分だ。それでも上り道では橇を引く作造じいさんも、後ろを押す直文も足を踏ん張り、全身に渾身の力を込めて一歩一歩押して進む。

下り坂はたとえゆるやかでも大きな逆方向の力が必要だ。橇が暴走し始めたら危険なのだ。作造じいさんは身を反り返らせ、前方に足を突っ張り、直文は肩に掛けた縄で、後方に体を倒してブレーキをかける。枕木が足の滑りを止めるのに役立つ。

たとえゆるやかでも、カーブが一番危険なので、橇道づくりの時は特に工夫をこらす。路面を少し山側に傾斜させ、谷側への転落を防ぎ、カーブの次にすぐに急な下りがないように設計する。しかし所詮、上から下へと向かう道だ。巧みな操縦が必要で、僅かな失敗で、暴走や横転などが起きた話も聞く。

作造じいさんはいつも一月、二月は丸太や薪の搬出作業をしていた。山林の伐採は冬に行われるし、雪の時期はじいさんも暇なので都合が良いのだ。子供たちも薪の背負い出しで小遣いを稼いでいる。

橇道づくりから直文は手伝った。まず唐ぐわで、設計に沿った山の斜面を切り崩して棚状の道を作る。大きな石が頭を出すと難しいことになる。取り除くことができる石ならよいが、それができない場合は困る。避けて道を通すとなると急なカーブが出来てしまうので危険だ。

結局、かなり前方から新しいルートを設定し、唐ぐわで掘り直しをしなければならなくなる。冬の土は凍っていて、唐ぐわを力いっぱい振り下ろさないと地面を切り崩すことはできない。深い積雪はない地域だが、この時期には雪もあって、足元も滑るし、長靴は冷たい。

道が切り拓けると、次に二寸くらいの太さの雑木を運んで、枕木を設置する。半分を土に埋めると凍ってしっかり固定される。特に勾配のある所では枕木を押さえる杭を打ち込む。最後に平らな道、上り道の枕木に油を塗る。

今朝は一回丸太を搬出した。太い丸太は非常に重く、二人では持ち上がらないことも多い。そんな時は用意してある梯子《はしご》を二本掛け、梃《てこ》を使って転がして橇に載せる。八本から十本は積むので、この作業だけで一仕事だ。途中で崩れないようにロープを掛け、かすがいを打ち込み、点検が済むと出発だ。

荷の真ん中に、一本だけ特別長い丸太を積み、それが前方に突き出していて、これで梶《かじ》を取る。丸太の一番先の上部に、大きなかすがいを打ち込み、これを強く摑んで左右に振る構造だ。

県道まで橇で搬出すると、丸太を降ろし、道脇の平地にそれらを整然と積む。その後もまた重労働だ。二人でロープを肩に掛け、橇を引き上げなければならない。厚い樫材で頑丈に作られた橇は重く、坂道を上まで引き上げると息が切れ、寒いのに汗がにじむ。

カラマツを伐採した広大な斜面の一番上が平坦になっていて、百メートルほど原野と畑が混在し、南の坂倉山へと上がってゆく。北側の斜面を見下ろすと急勾配で、その下を県道が走り、その向こうを温川《ぬるがわ》が流れている。

この大きな谷は、想像もできない遥か昔から、温川が時間をかけて刻んできたものだ。温川の北に沿って僅かな平地があって、そこも田畑として耕されている。

畑の北は切り立った高い崖で、今も時々石が落ち、土砂をむき出しているが、そんな所にまであちこちフジの根がからまり、蔓を伸ばしている。崖の上からまた二百メートルほど平坦な畑になっていて、畑の縁には北側から山が迫っている。

その山の尾根がくねりながら御雷伝山《おらいでんやま》まで雄大に伸び、山と畑の境界に直文や作造じいさんの家がある。カラマツ林から二人の北側正面に、高さもほとんど同じ位置に家が目近に見える。

家があるのは御雷伝山の南東面で、日向《ひなた》と呼ばれていて暖かく、家の前後の山と畑には雪がない。しかし山脈は少し上から真っ白になってゆく。直文とじいさんが焚き火をしているところは日陰と呼ばれ、坂倉山脈の北側で、雪があって寒い。

朝、カラマツ林で準備をしている間、燃やしていた焚き火に太い薪をくべて出かけたので、丸太を降ろして戻ってくると熾《おき》が出来ている。落ち葉と細い枝をのせるとすぐにパッと炎が上がった。伐採したカラマツの枝がいくらでもあって、細いものから太いのを順々にくべる。パチパチはじけながらわっと煙が立ち、目にしみた。

作造じいさんが鉄びんをかけ、半端の丸太に腰を下ろし、二人は手をかざした。鉄棒の一方を背の低いナラの木の二股に、他方は太い切り株を立てた上にかすがいで固定し、作造じいさんが簡単にしつらえた炉だ。

じいさんは何でもよく知っていて、要領よく、その時その場で必要なものを用意したり作ったりする。下刈りに行き、マッチを忘れた時のことだった。じいさんは事もなげに杉の乾いた丸太を拾い、鉈でV字に溝を掘り、枝の先を削ってそれを擦り合わせはじめた。間もなく溝に置いた削り屑から細く煙が一筋立ち、チョロッと炎が見えた。直文は驚き、感心した。山に入って不便な思いをすることはなさそうだった。

空腹になれば山菜や山芋や木の実をすぐ身の周りで採集するし、ある時はシノタケをとがらせ、小川の石の下を狙ってスッと突き立てた。イワナが刺さっていて、それを焼くととてもおいしかった。直文は作造じいさんと一緒だといつも心が落ち着いていられた。何でも教えてもらえるという信頼があった。

鉄びんが湯気を吐き、じいさんはお茶を淹《い》れた。背負い袋の紐をゆるめ干し柿を取り出し、直文に渡した。

「力になるぞ。食べておけ」

干し柿の甘さが気持ちよく体に浸み渡ってゆく。普段、干し柿を食べると胃が重くなるので直文はあまり食べないが、力仕事の後はこんなにおいしいものなのだ。熱いお茶が体を温め、眠気を誘う。

「今日は良い日だ」

作造じいさんが笑顔をつくった。その笑顔は満ち足りて穏やかだった。タケシが死んだあの日以来、作造じいさんの笑顔を見たことがなく、心の晴れる日の少なかった直文は、その笑顔に安心した。

「でも……」

直文には解けないものがあった。天を見上げると、晴れ間が半分あるが、陽は濃い雲に隠れ、しんしんと凍みる日だ。良い天気ではない。しかし、作造じいさんの表情に嘘はない。

じいさんがカラマツの枝を何本もくべた。パチパチと火の粉が上がり、煙が弱い風に流されて、作造じいさんを包んだ。じいさんは動じる様子もなく、煙の中で、やはりその顔は微笑んでいた。

「さあ、お昼までにもう一回だ」

じいさんは立ち上がった。

二

二回目の搬出も終わった。昼前はこの二回の予定だ。お昼の時間が直文には楽しみだった。焚き火に当たると不思議に元気が出て、心がふくらむがなぜなのだろう。焚き火を頼りにして、ずっと昔から人間は生きてきたからだろうか。火が燃えるのと、生命が燃えることは、どこかで通じ合っているからだろうか。直文の家の裏に住んでいた古代の人も、あの湧水で生命を養い、火で土器を作り、食べ物を煮炊きし、明かりを採り、体を温めて生きてきたのだろう。

朝から燃やしている炉には熾が沢山出来ている。作造じいさんがオノで割って作った板を、雪に埋めてあった。厚い板は程よく湿っていて、それを熾に乗せる。その板に餅を並べ、干し芋も並べ、周りに枝をくべた。

炎が上がり、板の端に焦げ目が付く。熾に接した面から板が焼け、いい匂いが漂う。これが餅にも移って、香りの高い餅が焼き上がるのだ。

餅より先に、干し芋が軟らかくなり、甘味も出ておいしくなる。

「じいさんは何でも上手だね。何でもよく知っているし、じいさんがわかることがオレにはわからない。なぜなの？　ウサギの罠もじいさんが掛けると簡単に掛かるよね。オレの罠にはやっと一回掛かったけど、まぐれだったと思う。コツが全然わからない。魚釣りだって、じいさんはひょいひょいと簡単に沢山釣る。オレの餌には食い付かない。それを考えていると頭が痛くなってしまうんだ」

「ウーン。それでいいんだ。はじめからわかる人間なんていない。知りたければ、とことん知りたいと思うことだ。ウサギを頭に浮かべ、じっと考え続けること、観察することだ。だんだんウサギのにおいもわかるようになるし、足跡や糞からも、そのウサギが見えてくる。ウサギの考えることがわかるようになればそれでよい。イワナだって同じこと。イワナの考えることがわかってくる。人間だけが考えているんじゃない。野山や川の生き物だって、必死で考えているんだ。焦らなくていい。わしだってだんだんわかってきただけだ」

「いつからわかるようになったの？」

「この年になってやっとわかることも多いんだよ。人間は自分で思っているほど何でも知っているわけじゃない。死ぬまで、少しずつわかることが増えてゆくんだ。知りたいと考え続ければね。はじめは誰の頭も、何も書いてない白紙だ」

干し芋が焼けて、甘く香ばしい匂いが漂ってきた。作造じいさんは二本の枝でひょいとつまんで直文に渡した。

「熱いぞ」

直文は手袋のままそれを受け取り、掌の中で転がした。湿らせた厚い板の上で焼くと、焦げずに、しっとりと焼けて、板材の香りも移っていておいしい。ふっと息をかけ頬ばると、干し芋のまま食べるのとは全く別の、豊かな味が広がる。

「干し芋って、こんなにおいしかったっけ」

驚いて直文が作造じいさんを見詰めた。じいさんは頷いて芋を噛む。

「自然のうまさにかなうものはないさ」

餅がふくらみ、じいさんが醤油を振りかける。たちまち醤油の香りが立ち、空腹を刺激する。二本の枝を箸に使って、じいさんが餅を渡してくれた。

「熱いぞ、もっと」

「じいさん、オレね」

御雷伝山を指差し、直文は言った。

「あそこの水源まで登ってみたんだ。想像してみたんだ。そしたら何かがわかったような気がしたんだ。あそこにはお花がいっぱい咲いていて、水源の少し溜まった水のまわりにいろんな動物が沢山いたんだ。ウサギとかシカ、カモシカ、イノシシ、クマもいたよ。タカや小鳥たちも沢山いた。みんな水を飲んだり草を食べたり昼寝をしたりしていた。みんな仲良くしていたんだよ、不思議だった」

作造じいさんはじっと直文を見つめた。

「お前、それを見たのか？」

じいさんがきつい眼差しを直文に向けた。

「いや、それが思い浮かんだだけだよ。オレにはまだ行けない」

「そうだな、まだ行かない方がよい。もう少し大きくなって、物がわかるようになったら、一度は行ってもらいたい。大事なことがわかる。谷は険しいからな。安全に行けるようになったらな」

「じいさんが連れて行ってくれる？」

じいさんは窪んだ目を開き、しっかりと直文を見た。しばたたいた半白の睫の下の目が光った。

「ダメだ。水源は一人でなければ行ってはいけない掟《おきて》だ」

「じいさんも一人で行ったことあるの？」

じいさんはゆっくり頷き、焚き火に目を投げた。

「水神様《すいじんさま》にお礼のお参りをして、御神酒をあげるために年に一度、年男が一人で谷を登ることになっている。水垢離《みずごり》をしてお祓いをしてもらった男が静かに一人でお参りをするんだ。あそこには水源に養われている生き物が沢山いるから、それを驚かせてはならないことになっていて、だから声も出してはいけないし、静かにお参りするしきたりだ。あそこで狩りをすることは禁じられている。昔、水源までシカを追いかけて撃った猟師がいたそうだが、山を下りる途中で滑って谷に落ち、銃が暴発して頭に当たって死んだと伝わっている。本当の水神様はあそこに居る。獣も鳥も、人間だって、水神様に養われて生きてきたんだなぁ。村の湧水の水神様は、その分神様だ」

あっという驚きが直文の中にあった。

「そうだったのか。分神様だったのか」

春に湧水で遊んだ夜、直文が思い描いていた光景がそのまま頭に浮かんだ。

直文は餅を噛み、お茶を飲み、カラマツの枝をくべた。煙と炎が立ち、二人を包んだ。とても大切なことを直文は知ったと思った。二十歳になって年男になったら自分も水神様にお参りしたいと思った。水神様や動物たち、それから人間やお花や林の木々のことを知ってみたい気持ちがこみ上げてきた。自分の一番はじまりのことがわかるかも知れない。

「昔からあそこに登ってはいけないことになっているの？　ずっと昔から？」

「そうだ。わしも知らない昔からだ。きっと弓矢で動物を獲って生命をつないできた先祖様の頃に決められたような気がする。川も時期によって禁漁になるが、あれと同じ禁猟区だろうと言う人もいる。大切な食い物の動物たちが絶えないように決めた知恵だとな。けれどわしは他にもっと大切なことがあって、立ち入りを禁止しているような気がしている。ずっと体の芯で感じていることだ。水源は動物や人間が生まれた場所だ。生き物のみんなが養われてきた場所で、荒らしてはいけない場所なんだ」

「じいさんがお参りした時、動物は沢山いた？」

「いたさ」

「みんな仲良くしていた？」

「そうさ」

「なぜなの？　なぜ動物たちは仲良くしているの？」

「不思議だ。不思議なほど動物たちは仲が良さそうで、ゆったりしていた。なぜなのか、本当のことはわからない」

「いつか水源に行って見たら、オレにもわかることがあるだろうか。行って見たいなぁ。そこに何があるのか知りたいなぁ」

「直文、何でも多くのことを知った方が良いぞ。知らないことは恐ろしい。お前はこれから多くのことを知っていくだろう。わしはこの谷の他は知らない。四角く区切られた空の下しか知らないから、わしが知っていることには限りがある。損をしているかも知れない。けれど、これだけはわかる。何でもそのはじまりから、ウサギやイワナのことだって、この世に生まれた時から今までのことまで全体を知っていなければ本当のことは見えてこない。表面しか見えないで、知ったつもりになっているだけだ。知ったつもりなんてものはあっけなく崩れてしまう。一番はじめからどのようにして今になったのか、だから自分はどう生きればよいのか、それを考え、知ることが一番大事だってことが最近わかってきた」

「うーん」

直文は頬杖をついてチョロチョロと燃える火を見た。心が深い井戸のように、覗き込める感覚になった。しばらく焚き火に目をこらしていると、作造じいさんの箸が軽やかにもう一つ餅を差し出した。

「ちょうどうまいところだ。食べろ」

餅には焦げ目が付き、焼けた醤油の香りが高い。餅を並べた板の表面も焦げ色が浮いてきた。直文はかぶりついた。噛めば噛むほど旨さが口中に広がる。

「わしには後悔がある。もう少し早くこのことをわかっていたらと、この年になって後悔する。わしはこの谷のことしか知らないでこの年になった。だから経験したことにも限りがあって、一番大事なことに気付く機会が少なかった。わしがもっと早くわかっていれば……」

直文は思い当たった。前から心に引っ掛かり、じいさんに聞いてみたかったことだ。

「タケシくんのこと?」

作造じいさんの後悔とは、そのことに重なっているような気がした。じいさんは頷いて、ゆっくり熱いお茶を飲んだ。直文が枝を何本か火にくべると、わっと煙が立って流れ、作造じいさんと直文を包んだ。煙の芯から朱い炎の舌がチョロリと上がる。それを見つめながら直文はじっと考えていた。

薄らいだ煙の中に作造じいさんの顔が現れた。そして独り言のようにぼつぼつと語った。

「清志が特攻隊で死んで、わしの望みは片腕をもがれた。通知を受けた時は目の前が暗くなった。だがタケシが居たから、それでわしの心は何とかもった。そのタケシが死んだ」

「じいさん」

じいさんのせいではないよ、と慰めたかったが、言葉が出なかった。そんな言葉は何の役にも立たない気がした。

「わしがもう少し早く、この大事なことがわかっていたら、それをタケシに伝えたろう。そしたらタケシは死なないで済んだ。タケシは若いから、まだこのことはわかっていなかった。本当のことっていうのは一番大事なことっていう意味だが、それがわからないまま都会に出て行けば、大きな濁流に呑み込まれて自分が消えてしまう。自分を失えば立ち上がる力は湧いてこない。わしはそれがやっとわかったが、それを教えてくれたのはタケシだった。タケシは死んでそれを教えてくれたんだ。わしが馬鹿だった。タケシに教わるようじゃ、順序が逆だ。何てことだ」

じいさんは悔しそうに両手を握り締めた。普段は言葉少ない作造じいさんが今日は独り言のように語り続ける。

「わしの女房は首を吊って死んだ。息子夫婦があただし、二人の孫も死んでしまった。タケシが死んだ時、わしの望みもこれで終わりだと思った。もうわしには何も残っていないという事実を否応なくわからされたんだ」

そこでじいさんは暫く黙って、遠い山に目を向けていた。それから振り向いて、直文をまっすぐに見た。その顔をじっと見つめる直文に静かな驚きが広がった。急に晴れていく空のように、じいさんの顔が明るく、姿までもが微笑んでいく気配がはっきりと見て取れたのだ。

「考えてみればわしは良いことはなかった。悪いことばかりだったと思ったけれど、そうではないことをタケシは死んで教えてくれたんだ」

作造じいさんは静かに微笑んでいた。温和な優しい顔だった。

「本当は何の望みも無くなった時にだけ、もう崩れない強い力を手に入れることが出来るのだということを、タケシは教えてくれたんだ。それにやっと気付いたんだ。悪いことばかり続いて、タケシにも死なれて、もうこれ以上悪いことは無いものな。恐れるものは無くなるし、腹もすわる。とことん悪いことが続いて、本当はそれが一番有難いことだったんだと思えるようになったよ。一番大事なことに気付かせてくれたんだものな。タケシがそれを教えてくれた」

直文はじいさんに身を寄せた。涙が頬を伝わり、落ちた。

「大丈夫だ、直文」

じいさんの声は落ち着いて、暗い気配もなかった。じいさんの腕が直文を抱いた。

「お前は優しい、いい子だ。だからタケシより強くなれ。強くなるために必要なことは、まだお前にはわからない。わからなくてもいい。でもいつか必ずわかる時に出くわすことになる。一番悪いことが起きて、全てが無くなった時、それを理解できればいい。全てを無くして明日を生きる力が消えた時、それがもう二度と壊れることのない強い気持ちを手に入れる唯一の好機だったんだ。それをわしはやっとわかった。タケシに教えてやりたかった本当のこととはこのことだ。いつか思い出してくれれば必ず力になると思う」

じいさんは立ち上がり、直文の手を力強く引いた。そして前に立った直文を力いっぱいに抱きしめた。

三

丸太を積み、じいさんは力を込めてロープを締める。ロープの結び方も手慣れていて、簡単にきつく締めるが、直文から見るとこれも手品のようだ。

「仕事をすれば、その分だけ、ちょっとだけな、良いことが残る。ちょっとずつの良いことが積み重なった分だけが、確かな良いことだな」

橇に足を掛け、ロープを引くと、丸太は強く締め付けられる。ゆるみを点検し、要所にかすがいを打ち込む。

「今日は良いことがあった。お前と仕事をした分、一緒に苦労した分が確かな良いことだった。何もしないで良いことを待っていても、来ることはない」

じいさんは声を出して笑った。

「いくぞ」

直文は位置についた。最初は力いっぱい押さなければならない。しばらく平らな橇道なので、全力でじいさんは引き、直文は押す。油が枕木に塗ってあるので滑りは良いが、時々ギィときしむ。午後になると気温が下がり、踏ん張る足元が滑りやすい。

橇はゆっくり進む。間もなくゆるい上りにかかり、二人は体が折れるほどの力を込める。体が熱くなり、白い息が噴き出す。一歩一歩枕木を蹴り、重い荷物を担ぎ上げるように上ってゆく。

ゆるやかなカーブから下りに移ると、ほとんど力も要らず、少し押し、引きを加えるだけで橇は滑ってゆく。

平坦な道になり、次にまた上りがあって、ゆるやかなカーブを越えると、下りになる。このカーブが中間点で、ここで一休みするのが常だ。背伸びをし、軟らかく体を屈伸し、二人は橇の端に腰掛け、積荷に背をもたせかけた。荒い呼吸が鎮まってゆく。

ここは日陰の斜面で、真っ白に雪が積もっている。雪から、カラマツの切株が黒い頭を出し、整然と並んでいる。ここからは背後の坂倉山は見えない。温川の向こう岸にある畑や直文の家も見えず、御雷伝山に続く尾根や山脈の中腹から上の景色が真っ白に見える。谷は雪に閉ざされて静かだ。谷底を流れる温川の白い波が所々に見えるが、川も静止している。全てが冬の眠りについている。風もない。

空は重く、低く、鉛色に凍り、峰の連なりを越えてきた雪が、時々ちらりと落ちる。休んでいると息は収まるが、ズーンと体が冷えてくる。間もなく二人は立ち上がった。

「ようし」

作造じいさんの声が響いた。直文も積荷に取りついた。

「せいの」

ギィときしみ、橇が動く。お正月になってこの仕事を手伝いはじめた頃は、午前中二回の搬出で体がくたくたになった。今はもう大丈夫だ。人間はどんどん鍛えられてゆくものだと思う。小休止で、疲れは消えて無くなった。カーブを曲がり切った所から下り坂がくねくねと続く。

「あっ」

とじいさんの声が聞こえた。足でも滑らせたのだろう。直文は肩に掛けたロープを後方に引いている。少し滑りが速くなったようで、肩にロープが食い込む。ズズーと橇が横滑りしたと思った瞬間、急に速度が上がった。

「ああっ」

　というじいさんの叫びと、橇が左に横倒しになるのは同時だった。直文が全身に力を込めた時、体が軽く宙に飛んだ。

「ああっ。じいさん」

　直文は叫んだ。雪にたたきつけられた直文の目に、積荷ごと橇がゴロリ、ゴロリと雪けむりを上げて転がるのが見えた。次の瞬間、橇は何かに当たって、ドーンという響きが伝わり、丸太が飛び散り、作造じいさんも飛ばされた。

　直文はほとんど転げ落ちるようにして、じいさんの所に走った。もう県道に近い所で橇は止まっていた。丸太が散乱し、その一本に作造じいさんが挟まっていた。

「じいさん」

　直文は急いで、じいさんの状態を確かめると、じいさんの脚を下敷きにしている丸太に飛びついた。

「頑張って、じいさん」

大きな声を掛けながら、直文は丸太を持ち上げようと全身に力を込めた。どこからこんなに力が出たのだろう。足元を滑らせ、転び落ちながら、雪を蹴り散らして足場を固め、丸太は持ち上がった。

丸太を放り出すと、直文はじいさんに取りついた。額が割れ、顔を流れた血が雪をまっ赤に染めている。口元も、手首も耳も血だらけだ。荒い呼吸をしている。

「大丈夫だ。お前は大丈夫か。しくじった。すまない」

「オレは大丈夫だよ。じいさん痛いだろう」

じいさんが目を開いた。静かな目だった。

「痛いくらい、何でもない」

「すぐ人を呼んで来る。少し頑張れる？」

立とうとすると、じいさんは首を横に振り、直文の手を握った。強い力でつかまえるように握った。

「ここに居ろ、離れるな」

その声は抗えない響きを持っていた。それから目を閉じ、じいさんは呼吸を鎮めているようだった。額の出血がひどく、雪を染めてゆく鮮血が直文を動揺させる。顔が青白く、心配だった。

「じいさん、人を呼んでくるよ」

じいさんは首を横に振った。

「ここに居るんだ」

寝返りを打ち、じいさんは立ち上がろうとするが、体が言うことを利かない。

「ちくしょう、骨が折れたようだ。直文、その枝を取ってくれ。お前の肩を貸せ」

額の血がポタポタと雪を染めてゆく。肩を貸した直文の手にも血が落ちた。

カラマツの枝を杖にし、直文の肩を支えにして、時間をかけてじいさんは立ち上がった。仁王立ちだ。

口は真一文字に結ばれ、頬は強張っている。目は静かだった。立ち上がったまま、作造じいさんは前方を睨んでいて、動こうとしない。動くのが難しいと直文には思えた。右脚は垂れ下がっていて、力は入らない。だが本当に仁王像になってしまったように、作造じいさんは立っている。

ずん、と直文の肩の重みが増した。それが次第に重くなったと思うと、じいさんは直文を押し潰しながら前のめりに倒れた。

「じいさん」

直文はじいさんを仰向けに転がし、呼吸を確かめた。呼吸は静かだが、目を閉じている。

「ああ、じいさんが死んじゃう」

混乱するだけでどうしたらいいか直文にはわからない。じいさんを助けるために何をしたらいいかを知らないことが直文は悔しかった。

「わしがもう少し早く本当のことを知っていたら……。知ることが一番大切……」

じいさんの言葉が頭をかすめる。

「じいさんも知らないことがあって、同じように悔しかったのだろうか」

作造じいさんは苦しそうで、今すぐにどうするか決めなければならないことは直文にもわかる。あの真っ白な雪の山でもそうだったではないか。すぐに行動を決めなければならない。直文は意を決した。

まず綿入れ半纏《はんてん》を脱ぎ、作造じいさんに掛けた。そして一気に家に向けて走り出した。温川までの下りは滑って、何回も転んだ。温川の木橋も雪で滑るが、直文は夢中で走った。

シカやウサギなど、野山の生きものは走り続けても疲れることはないのだろうか。どこからか、無限のエネルギーを与えられたように、シカのように、ウサギのように、直文は木橋を越え、家への坂道を一目散に走った。

入学の朝

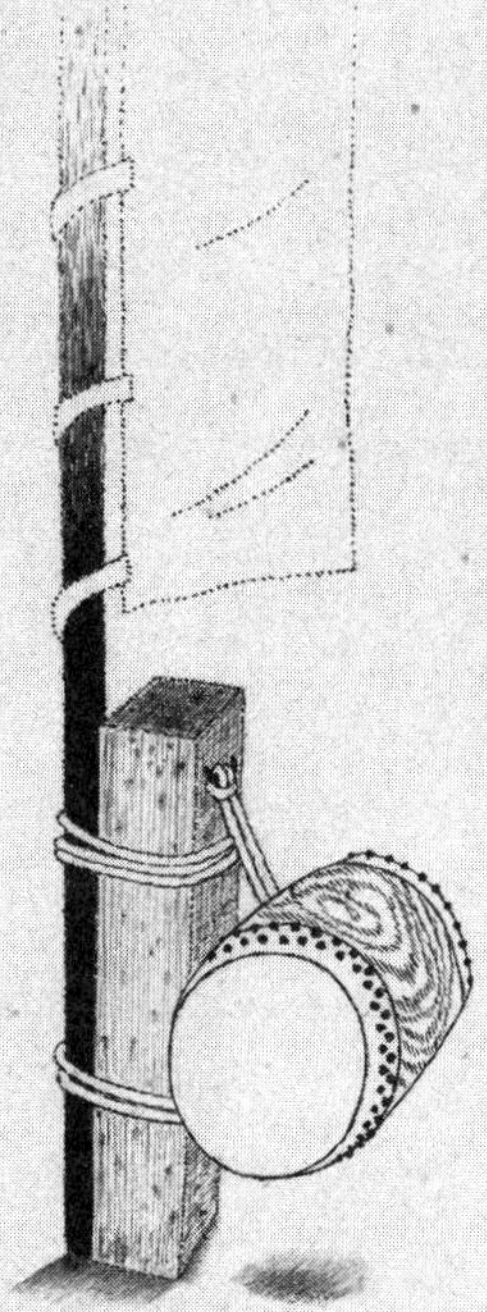

昭和二十五（一九五〇）年四月八日、直文の小学校の入学の日だ。昨夜から父母も祖母も、立居振舞が賑やかで言葉も弾み、今日の準備が嬉しげだった。一人っ子の小学校入学は、家の者にとって大きな喜びなのだ。

普段、あまり言葉を発することがなく、黙り込んでいる父も言葉が多い。みんなが喜んでくれることはやはり直文も嬉しく、心が浮き立った。大人の中に子供が一人でいると、それだけでも重苦しく、息が詰まったのだが、今朝はその空気が溶けて軽くなっている。

「赤飯が出来た。いい具合に出来た」

祖母がいそいそと脚付きの塗りの膳を運んできた。ウグイの甘露煮《かんろに》が尾頭付きで、昨日祖母が作った豆腐も付いている。母が漬け物と汁を持ってきた。

「尾頭付きはお前が漁《と》ってきた魚だけどね、番茶でじっくり煮たからおいしいよ」

膳も椀も家に伝わる家紋入りだ。笑顔が溢れ、声も明るく、入学を祝う気持ちが伝わってくる。父は早朝から着る物の用意をしたり、蛇腹式の写真機を取り出していじっていて、忙しそうだ。

お膳が揃い、祖母が声を掛け、四人が集まった。

「お目出たい日だ。お祝いだ」

父の一言で食事が始まった。特別おいしい気がして、直文が赤飯をお代わりすると、祖母は喜んだ。

父と母は忙しく身支度に掛かった。そんなに重く考えていなかった直文は驚いたが、母は着物を着て帯を締め、紋付の羽織を着ている。父はモーニングで、白いワイシャツにネクタイをしている。結婚式など、特別な日のためのものなのだろう。

これは大変なことなのだと直文は感じた。家を守ってゆくことが祖母や父母に、大きな意味のある任務なのだということを感じないわけにゆかない。

直文は新しい黒の生徒服を着て徽章《きしょう》の付いた帽子を被った。父が用意してくれたのだろう、茶の新しい革製のランドセルを背負うと、気持ちが引き締まって、これからはきちんとしなければならないと思った。

父がいそいそと庭に出て、三脚に写真機を取り付け、セルフタイマーも付けた。それから親子三人で、家を背景に並び、まず一枚撮った。祖母も入ったり、母と二人で撮り、父と二人で撮った。一人でのアップも撮ったが、この写真だけ、直文ははにかみながら嬉しそうに笑っている。家族一緒の写真では神妙な表情だ。

下の家の庭が賑やかになり、登校する子供たちが集まってきた気配が伝わってくる。直文は祖母、父、母に、行って来ますと会釈をし、集合場所になっている下の家に向かった。

庭の出口の踏み石のところまで来ると、小さな驚きが、直文の足を止めさせた。

作造じいさんが松葉杖で体を支え、隣の庭の端に立っていた。直文は反射的に緊張して直立し、しばらくじいさんと顔を見合わせ、そして、はにかみながら笑顔を作った。

「じいさん」

それだけ言って、しばらく黙った。次の言葉を探し、自分のことの前に、やはりじいさんへの気持ちを伝えるのが先だと思った。

「大丈夫なの？　歩けるの？」

「うん」

と頷き、ゆっくりと直文に語りかけた。

「それより、今日の日を忘れるんでないぞ。入学の朝のことをな」

直文は頷いた。大切なことを言われたのだと思った。事故の日、作造じいさんは村の診療所に運ばれたが、手に負えないと言われ、町の病院に移された。脚の手術を受け、額や口の中、腕などを何十針も縫った。脚も複雑骨折をしていて、元のように歩くのは難しいだろうと言われたが、一番心配なのは頭だと言われた。頭蓋骨にもひびが入り、脳への影響があるかも知れないようだった。

事故の三日後に直文は父と一緒にお見舞いに行ったが、作造じいさんは人形のように、頭や顔、腕や脚まで包帯でグルグル巻きにされていて、意識はなかった。やっと退院できて直文も大喜びしたばかりだ。

退院の日、会いに行った直文に穏やかな表情でじいさんは言った。

「あの日、死んだままでわしは生きている。しばらく清志やタケシと一緒に居たが、二人に言われて帰された。何かを託されたような気がするが、途中で忘れてしまった。やっとここに辿りつくことができたのは確かだ」

そのじいさんが待っていてくれた。直文の胸がじんわりと熱くなった。じいさんを見詰める目が霞み、じいさんの姿がぼやけた。ぼんやりと映るじいさんの背後の朝日が眩しい。

しばらく直文は直立していた。次第にじいさんの姿がはっきりとして、直文は気持ちも体も緩んでゆくのを覚えた。

「じいさんは、何か変わった」

直文はそう思った。二ヶ月以上も入院していたせいか、体がすっとして細くなった。腕や脚、顔や首までも筋肉が落ちたのだろうか。日焼け、雪焼けがなくなり、赤銅色に光っていた肌も柔らかになった。精悍だった目の光も静かで深くなった。けれど静かな目に、前よりも決して動かない力を感ずるのはなぜだろう。

「作造じいさんは変わった」

それは直文に静かな衝撃を与えるものだった。

「行って来なさい、直文」

じいさんが頷くようにして言った。直文は笑顔をつくり、なぜか大きな声で、

「はい」

と返事をした。体が躍るように高揚した。そして、みんなの方に駆けた。

この村で今年入学するのは直文と、前の家のアヤ子の二人だ。直文が駆けて行くと、皆が直文とアヤ子を囲み、中学三年生の多栄が音頭をとって、

「ピカピカノー、イチネンセー」

「ピカピカノー、イチネンセー」

と手拍子を打ち、拍手をすると多栄が自分を先頭に、学年順に登校の隊列を組ませた。後尾にアヤ子、直文、そして最後を守るしんがりに前の家の中学二年生になった絹恵がつく。この集落の生徒は九人で、男の子は直文が一人だけだ。頼りなさを感じるし、遊び相手が女の子ばかりなのがつまらない。ターザンやチャンバラ、探検ごっこなどをすることができない。しかし先頭の多栄と、しんがりの絹恵は、体格がよく、気が強くて男の子も言い負かすほどで頼りに

なる。

陽は明るく柔らかいが、風はまだ冷たい。入学の頃はいつもこんな天候が多く、冬を通り越してきた子供たちの頬は、この風に晒されてみんなカパカパと乾き、赤いリンゴホッペだ。

最初はお行儀の良かった隊列は間もなく歪み、崩れる。土手は霜柱が溶けて、まっ黒な土を現し、春の香りを放っているかに見える。あちこちに草の芽が吹き、黄色と白のペンペン草が小さな花を覗かせている。土手に駆け登ってそれを摘む子、走って行って石を拾って投げる子などがいる。

やがて村のはずれに立てられた幟《のぼり》の所に来ると、隊列は散った。幟はハタハタと音を立て、竿がギィときしみ、太い墨の文字が翻っている。幟を取り付けた太い角材の支柱に太鼓が吊るしてある。今日は鎮守様のお祭りの日なのだ。

「直ちゃん、たたいて」

多栄の言葉には命令するような口調の押しがあった。新入生だが、たった一人の男の子に、その役を言いつけたのだ。ランドセルを絹恵にあずけ、直文は太鼓の前に立った。桴《ばち》を両手に握る。大人用に作ってある桴は太く、大きく、打つのには重い。太鼓は直文の胸の位置で、高い。

直文は踏ん張った。まっすぐ目の前に、あの山がある。カラマツが伐採された大きな北向きの斜面だ。もう雪が消え、黒と茶色の肌をまだら模様に晒している。作造じいさんと焚き火をし、餅や干し芋を焼いて食べたのが、ついこの間だ。火で体を炙りながら話をした光景が目に浮かぶ。

「ヨーオッ」

大きな声を腹の底から発した。右手を大きく上げ桴を構え、体一杯に息を吸い込み、力を込めて打った。

ドーン

と腹に響く音が伝わり、谷に響く。

ドーン、ドーン、ドーン、ドドドドーン、

カッカッカッカッドーン、
カッカッカッカッ、カッカッカッカッ、
カッカッカッカッドーン、
ドーン、ドーン、ドーン、
カッカッカッ……
直文は力一杯打った。思ったよりも地を揺るがす大きな音が出た。
「直ちゃん、すごいね」
絹恵の声が掛かったが、直文は打つことに集中した。この音が作造じいさんにも伝わっているに違いない。
「じいさん」
自然に作造じいさんに語りかけた時だった。じいさんの灰汁抜きされたように透き通った姿が浮かんだ。すっくと立っている。
「そうだ。じいさんは死んでも立ち上がる姿を見せたかったんだ。何も無くても立つことを教えたかったんだ」
左右の桴をまっすぐに上げ、力一杯に打った。体にも地にも響く音だ。汗がにじんでくる。
ドーン、ドーン、ドーン、
ドドドドドーン、
カッカッカッカッドーン、
カッカッカッカッドーン……
幟がハタハタと風を受け、竿がギーイッ、ギーイッときしむ。自分で打つ太鼓が直文の腹を震わせる。波動が体のすみずみまでビリビリと伝わり、その奥から強い何かが生まれてくるのを、直文ははっきりと意識した。

著者

丸橋 賢

まるはし・けん

1944年、群馬県生まれ。東北大学歯学部卒業。同学部助手を経て、1974年、丸橋歯科クリニック開業。1981年、「良い歯の会」活動開始。2004年、群馬県高崎市に「丸橋全人歯科」を開設。現在、丸橋全人歯科理事長。アメリカ歯内療法学会、日本歯内療法学会を中心に、日本全身咬合学会、日本口腔インプラント学会等で活動したが、現在は退会し、全人歯科医学に全力を投入している。主な著書に『観察力——確信を育てる』(NTT出版)、『全人的治癒への道』『心とからだが変わる〈全人歯科〉革命』(ともに春秋社)、『新しい歯周病の治し方』『歯　良い治療悪い治療の見分け方』(ともに農山漁村文化協会)、『歯を疑え! 医療の常識を変える全人歯科医学の力』(幻冬舎)『退化する若者たち』『心と体の不調は「歯」が原因だった!』(ともにPHP新書)などがある。

はじまりの谷

2024年 7月10日　第１刷発行

著者
丸橋 賢

発行者
赤津孝夫

発行所
株式会社 エイアンドエフ
〒160-0022　東京都新宿区新宿6丁目27番地56号　新宿スクエア
出版部 電話 03-4578-8885

本文デザイン
明石すみれ

校正
松井由理子

編集
向坂好生

印刷・製本
株式会社シナノパブリッシングプレス

Printed in Japan
ISBN978-4-909355-47-8　C0093